검찰관

Ревизор

세계문학전집 120

검찰관

Ревизор

니콜라이 고골

조주관 옮김

민음사

러시아아인들의 작명법과 일러두기

1. 인명과 지명 표기는 가능한 한 러시아어 발음 규칙(격음, 거센소리)에 따랐다.
2. 러시아아인들의 정식 이름은 '이름+부칭(父稱)+성(姓)'으로 이루어진다. 부칭이란 아버지의 이름에 'ovich(evich)'나 'ovna(evna)'를 붙여 누구의 아들과 딸임을 지시한다. 예) 니콜라이(이름)+바실리예비치(부칭: 아버지의 이름이 '바실리'임을 뜻한다)+고골(성)

    a. 니콜라이 바실리예비치 고골: 공식 석상의 호칭.

    b. 니콜라이 바실리예비치: 예의를 갖춘 호칭. (선생님이나 예의를 지켜야 할 사이)

    c. 니콜라이 고골: 일반적 호칭. (서적, 신문, 잡지 등)

    d. 고골: 제3자를 칭할 때를 빼고, 사람을 앞에 놓고 이렇게 부르는 것은 실례다.

    e. 친근한 사이일 때는 부칭이나 성을 빼고 이름만 부른다.

        예) ① 니콜라이: 일반적으로 이렇게 부르지 않는다.

           ② 콜랴(니콜라이의 애칭): 친근한 사이일 때 애칭을 사용한다. (가족, 연인, 부부 사이의 호칭)

           ③ 어릴 때의 별명도 종종 호칭으로 사용된다. (가족, 어릴 때 친구)

    f. 우리는 등장인물의 호칭에서 사람들 사이의 관계를 짐작할 수 있다. 호칭은 작중 인물 상호 간의 신분 관계를 나타내 준다.

차례

등장인물

안톤 안토노비치 스크보즈니크-드무하놉스키 시장

안나 안드레예브나 시장의 아내

마리야 안토노브나 시장의 딸

루카 루키치 홀로포프 교육감

교육감의 아내

암모스 표도로비치 랴프킨탸프킨 판사

아르테미 필립포비치 제믈랴니카 자선병원장

이반 쿠즈미치 시페킨 우체국장

표트르 이바노비치 도브친스키 시의 지주

표트르 이바노비치 보브친스키 시의 지주

이반 알렉산드로비치 흘레스타코프 페테르부르크에서 온 관리

오시프 관리의 하인

흐리스티안 이바노비치 기브네르 의사

표도르 안드레예비치 륲류코프 퇴직 관리로서 시의 유지

이반 라자레비치 라스타콥스키 퇴직 관리로서 시의 유지

스테판 일리치 우호베르토프 경찰서장

스비스투노프 경찰

푸고비친 경찰

데르지모르다 경찰

압둘린 장사꾼

페브로니야 페트로브나 포실레프키나 자물쇠공의 아내

하사의 아내

미시카 시장의 하인

여관의 하인

남녀 손님들, 장사꾼들, 시민들, 청원자들

성격과 의상

배우들을 위한 주의 사항

시장 관리로 늙어 버렸으나 나름대로 꽤 잘났다고 생각하는 인물이다. 뇌물을 받고서도 아주 당당하게 행동한다. 점잔을 빼면서도 설교하기를 상당히 좋아한다. 요란하지도 조용하지도 않고, 말수가 그리 많지도 적지도 않다. 말 한마디 한마디가 의미심장하다. 얼굴 표정은 하급 관리로부터 시작해 고된 일을 해 온 사람들처럼 거칠고 굳어 있다. 성격이 야비하고 천한 사람에게서 흔히 보이는 것처럼 변덕이 심하고 공포에서 기쁨으로, 비굴함에서 거만함으로 변하는 속도가 상당히 빠르다. 언제나 깃에 금장을 수놓은 제복을 입고 있을 뿐만 아니라 박차가 달린 장화를 신고 있다. 짧게 깎아 올린 머리에는 흰 머리칼이 섞여 있다.

안나 안드레예브나 시장의 아내로서 바람기가 있는 지방 도시의 여인이다. 아직 중년이 안 된 나이에 인생의 반은 소설책과 앨범*을 통해 교육받고, 인생의 반은 자기 집의 광과 하녀들의 방을 분주하게 드나들면서 교육을 받아 사람이 된 여자다. 호기심이 아주 많아서 기회가 있을 때마다 허영을 부린다. 종종 남편을 손아귀에 넣고 흔드는 일도 있지만, 그것은 다만 남편이 적당히 꾸며 대는 재주가 없기 때문이다. 그녀의 권력은 자질구레한 일에만 영향을 미치는데 오직 잔소리와 비웃음만을 살 뿐이다. 연극이 진행되는 동안 그녀는 옷을 네 번 갈아입는다.

19세기 초 러시아 여성들은 유명인들의 말이나 시 또는 경구를 모아 앨범을 만들었다. 앨범에는 사랑, 이별, 고백에 대한 시나 편지나 짧은 글이 들어 있었다. 1820년대 문학 살롱에서 한때 크게 유행했다. 그러나 1820년대 말이 되면서 여성들의 앨범 시 주문이 많아지자 시인들은 자연스럽게 앨범에 대한 부정적인 태도를 취하게 되었다. 당시 유행했던 앨범은 아홉 가지 범주로 분류하기도 했다. (1)명예 앨범, (2)사색가 앨범, (3)예술가 앨범, (4)문인 앨범, (5)여성 앨범, (7)남성 앨범, (8)총각 앨범, (9)학생 앨범.

홀레스타코프 스물세 살가량의 호리호리하고 야윈 청년이다. 약간 모자란 듯하며 줏대가 없는 사람으로 보인다. 흔히 관청 같은 데서 골 빈 사람으로 불리는 유형의 인물 가운데 하나다. 생각 없이 말하거나 경솔하게 행동한다. 어떤 생각에 몰두해야 할지를 모른다. 전혀 예기치 않은 엉뚱한 말이 입에서 불쑥불쑥 튀어나오기 때문에 그의 말은 앞뒤가 안 맞는다. 이 역은 정직하고 솔직하게 할수록 성공하게 된다. 유행에 따라 옷을 입는다.

오시프 약간 나이 든 하인들 사이에서 흔히 볼 수 있는 인물이다. 신중한 말씨에 눈을 언제나 약간 내리깔고 있다. 따지기를 잘하며 주인에게 훈계하기를 좋아한다. 목소리가 언제나 고르고, 주인과의 대화에서는 거칠고 약간 상스러운 표현을 쓴다. 주인보다는 영리한 편이며 눈치가 빠르다. 그러나 수다스럽게 말하는 것은 좋아하지 않는다. 말수가 적은 사기꾼이다. 그의 의상은 회색이나 청색의 낡은 프록코트다.

보브친스키와 도브친스키 두 사람 다 작달막한 땅딸보에 호기심이 대단히 많다. 놀라울 정도로 서로 닮았다. 두 사람 모두 배가 나오지 않았고, 말이 아주 빠르기 때문에 몸짓과 손짓에 지나치게 의존한다. 도브친스키가 보브친스키보다 키가 약간 크고 진지하다. 보브친스키는 도브친스키보다 싹싹하고 경솔한 편이다.

랴프킨탸프킨 판사로 대여섯 권의 책을 읽은 후 약간 자유주의적인 경향을 갖게 된 인물이다. 제멋대로 추론하기를 좋아하는 사람으로 자기 말 한마디 한마디에 무게를 준다. 이 역을 맡은 사람은 얼굴에 항상 의미심장한 표정을 짓고 있어야 한다. 쉰 목소리를 거칠게 저음으로 느릿느릿 길게 뽑으며, 마치 낡은 시계가 먼저 찌르륵거리는 소리를 낸 다음 울리는 것처럼 말한다.

제믈랴니카 자선 병원의 원장으로 아주 뚱뚱하고 느리고 둔한 인물이다. 그럼에도 불구하고 교활하고 음험한 사기꾼이다. 너무 친절하고 분주하다.

우체국장 그지없이 순박한 인물이다.

그 밖의 역할은 특별히 설명할 필요가 없다. 그 원형은 거의 언제나 볼 수 있는 인물이기 때문이다.
배우들은 특히 마지막 장면에 주의해야 한다. 마지막 대사는 모든 사람에게 순간적으로 쇼크를 주어야 한다. 모든 사람이 한순간에 위치를 바꾸어야 한다. 경악하는 외마디 소리가 가슴속에서 터져 나오듯이 모든 부인들의 입에서 동시에 나와야 한다. 이런 의견과 주의 사항이 지켜지지 않으면 모든 효과가 없어질 수 있다.

제 낯짝 비뚤어진 줄 모르고 거울만 탓한다.

—러시아 속담

1막

시장 집의 어떤 방.

1장

(시장, 자선 병원장, 교육감, 판사,

경찰서장, 의사, 경찰 두 사람)

시장 여러분, 내가 여러분을 초대한 것은 유쾌하지 못
한 소식을 전하기 위해섭니다. 우리 지방에 검찰
관이 온답니다.

암모스 표도로비치 검찰관이 왜요?

아르테미 필립포비치 검찰관이 왜요?

시장 글쎄 페테르부르크에서 검찰관이 몰래 온다는군

요. 그것도 비밀 명령까지 받고 말이오.

암모스 표도로비치　저런!

아르테미 필립포비치　한동안 걱정거리가 너무 없다 했더니 드디어 생겼군!

루카 루키치　이거 큰일 났네요! 비밀 명령까지 받았다니!

시장　내 예감이 맞았어. 간밤에 꿈에서 예사롭지 않은 쥐를 두 마리나 봤거든. 정말로 그런 쥐는 난생처음 봤어. 시꺼먼 놈들이 무시무시하게 크더라고! 그놈들이 슬며시 기어 들어와 냄새를 맡고 나더니 또 금방 사라져 버리는 거야. 그건 그렇고, 여러분! 안드레이 이바노비치 치미호프에게서 받은 편지를 읽어 드리겠습니다. 아르테미 필립포비치! 당신도 그 사람을 알 거야. 이게 바로 그가 써 보낸 거요. "경애하는 친구, 귀하, 은인…… (눈으로 빠르게 훑어 내리면서 속삭인다.) …… 당신께 알려 드립니다." 아! 여기로군. "다름 아니라 서둘러 알려 드릴 게 있습니다. 실은 비밀 명령을 받은 관리 하나가 현 전체, 그중에서도 우리 지방을 시찰하러 도착했다는 겁니다. (의미심장하게 손가락을 위로 펴 든다.) 그런데 이 관리는 평범한 사람처럼 위장하고 있답니다. 저는 이것을 아주 믿을 만한 사람들에게서 알아냈습니다. 당신은 현명한 사람이죠. 손안에 굴러 들어온 걸 놓칠 사람이 아니지요. 누구나 그런 것처럼 당신에게도 사소한 잘못이 있으리라 생각합니다. 따라서 당신에게 미리 단단히 조심하라고 알려 드립니다." (읽기를 멈추고) 음, 여기에 있는 사람들은 모두 우리 편이나 마찬가지니까 괜찮겠지⋯⋯. "그래서 미리 조심하고 계시라고 충고해 드리는 겁니다. 만일 그 관리가 아직 도착하지 않았다 해도, 그는 언제라도 올 수 있습니다. 혹시 어딘가에 이름을 숨기고 머물고 있는지도 모릅니다⋯⋯ 어제 저는⋯⋯." 음, 여기서부턴 이제 집안 얘기군. "⋯⋯ 누이 안나 키릴로브나가 자기 남편과 함께 저희 집에 놀러 왔습니다. 이반 키릴로비치는 아주 뚱뚱해졌고, 여전히 바이올린만 켜고 있습니다⋯⋯." 등등. 아무튼 이런 상황입니다!

암모스 표도로비치 그렇군요? 이거⋯⋯ 심상치 않네요, 정말로 심상치 않아요. 필경 무슨 곡절이 있을 거요.

루카 루키치 안톤 안토노비치 시장님! 도대체 뭣 때문일까요? 검찰관이 왜 하필이면 우리 지방에 온답니까?

시장 왜냐고? 그럴 운명인가 보지! (한숨을 쉰다.) 다행히도 지금까진 다른 도시로만 돌아다녔지요. 근데 이번엔 우리 지방 차례가 된 겁니다.

암모스 표도로비치 안톤 안토노비치 시장님! 제 생각엔 말입니다, 여기엔 아주 미묘하면서도 더 큰 정치적인 이유가 있습니다. 그건 이런 말과 같지요. 러시아는⋯⋯ 맞아요⋯⋯ 전쟁을 계획한 겁니다. 아시

다시피 정부도. 그래서 어디에 역모가 있나 없나 그걸 살피려고 관리를 보낸 겁니다.

시장   에이, 말도 안 되는 소리! 여전히 잘난 척하시는 군! 우리 도시에 역모가 있다고! 뭐 여기가 국경 도시라도 된다는 말이야, 뭐야? 여기선 말을 타고 삼 년을 달린다 해도 다른 나라에 가지도 못해.

암모스 표도로비치   그게 아닙니다. 시장님은 말입니다, 시장님은 그…… 잘못 생각하고 계시는 겁니다…… 정부는 면밀하게 관찰하고 있습니다. 그래서 아무리 멀리 떨어져 있다 해도 잘 알고 있습니다.

시장   알건 모르건 그거야 상관할 바 아니고, 어쨌든 여러분께 미리 알려 주는 겁니다. 조심하시오. 내 일은 내가 그럭저럭 처리했습니다. 여러분께도 충고해 두는 겁니다. 아르테미 필립포비치 병원장! 특히 당신은 정신을 바짝 차려야 할 거야! 이 지방을 지나가는 관리라면, 제일 먼저 당신 관할의 자선 병원을 시찰할 거란 말이지. 그러니까 모든 걸 잘 정리해 줘야 해. 우선 환자의 모자가 깨끗해야겠지. 그리고 환자들 말인데, 아무 때고 병원 안을 멋대로 돌아다니는 꼴이 영락없는 대장장이 같아. 그래선 안 되지.

아르테미 필립포비치   그런 건 뭐 아무것도 아니지요. 환자의 모자부터 깨끗한 걸로 씌우겠어요.

시장   좋아, 그리고 침대마다 일일이 그 위에 라틴어나 다른 외국어로 된 이름표를 붙여 놓도록 해……
닥터 흐리스티안 이바노비치! 이건 당신 일이야.
거기다가 병명을 기입하고, 누가 언제부터 아프
기 시작했는지 그 날짜를 기입해…… 그리고 말
이지 당신 환자들이 아주 독한 담배를 피우고 있
는데, 그건 좋지 않아. 병실에 들어가면 재채기가
막 나올 정도로 심하잖아. 환자 수를 줄인다면
더욱 좋겠지. 그렇게 하지 않으면 감독이 소홀하
다느니 엉터리 의사라느니 하는 말이 금방 나오
게 될 거야.

아르테미 필립포비치   오! 저와 의사 흐리스티안 이바노비치는 독
특한 치료 방법을 쓰고 있습니다. 자연 상태에 가
까우면 가까울수록 치료에 더 좋다는 것이죠. 값
비싼 약은 사용하지 않습니다. 인간이란 단순해
서 어차피 죽을 사람은 죽기 마련이고, 나을 사람
은 낫기 마련입니다. 게다가 의사 흐리스티안 이
바노비치가 환자들에게 뭔가를 설명해 준다는 것
은 너무 어려운 일이지요. 그는 러시아 말을 한마
디도 모르거든요.

의사 흐리스티안 이바노비치는 무슨 말인지 '이' 비슷하기도 하고
'예' 비슷하기도 한 소리를 낸다.

시장   암모스 표도로비치 판사! 당신도 재판소 청사에

신경을 좀 써야겠어. 특히 청원자들이 항상 드나드는 대기실 말이야. 거기서 수위가 작은 새끼들이 딸린 거위들을 기르고 있는데, 그 거위들이 발밑을 이리저리 돌아다니고 있단 말이야. 물론 집에서 부업을 한다는 건 좋은 일이지. 게다가 수위라고 부업하지 말라는 법도 없고. 다만 재판소 같은 공공장소에선 볼썽사납단 말이야…… 전에도 조심하라고 말하고 싶었는데, 그만 깜빡했지 뭐야.

암모스 표도로비치 오늘 당장 오리들을 부엌으로 잡아들이도록 하겠습니다. 괜찮으시다면 식사하러 오시죠.

시장 게다가 그 재판소 청사 안에는 온갖 잡동사니가 다 널려 있더군. 서류함 위엔 사냥용 채찍이 걸려 있던데 별로 보기 좋지 않더라고. 당신이 사냥을 좋아하는 건 다 알고 있지만 당분간은 그걸 치워 두는 게 좋을 거야. 검찰관이 가고 나면 다시 거기다 걸 수도 있잖아. 그리고 당신의 배심원 말인데…… 물론 노련한 사람인 건 알지만, 양조장에서 방금 나온 사람 같은 냄새가 난단 말이야. 그것 역시 좋지가 않아. 진작부터 당신에게 이 얘기를 하고 싶었는데, 그만 기회를 놓쳐 버렸지 뭐야. 만일 그 친구 말대로 그게 선천적으로 타고난 냄새라면, 냄새를 제거하는 방법이 없는 것도 아닐 거야. 그에게 양파나 마늘 같은 걸 먹도록 별도로 충고해 주는 게 좋을 거요. 아니면 이번 기회에 흐리스티안 이바노비치의 여러 가지 약으로 치료 받는 것도 좋겠지.

흐리스티안 이바노비치는 조금 전과 똑같은 소리를 낸다.

암모스 표도로비치 아닙니다. 그 냄새는 없앨 수가 없습니다. 그가 말하기론 어릴 때 유모가 그를 안고 있다가 떨어뜨렸는데, 그때부터 조금씩 보드카 냄새가 나기 시작했답니다.

시장 그래, 나는 다만 그렇다고 가볍게 지적했을 뿐이야. 여러 가지 뒷수습 문제와 안드레이 이바노비치가 편지에서 사소한 죄라고 쓴 문제에 대해선 나도 뭐라 말할 수 없어. 그래, 그런 말을 한다는 건 이상하지. 이 세상에 죄 없는 놈이 어디 있어. 이미 처음부터 하느님이 그렇게 만들어 놓은 거야. 볼테르[1] 주의자들이 그걸 쓸데없이 비난하고 있는 거지.

암모스 표도로비치 안톤 안토노비치 시장님! 그럼 당신께선 무엇을 사소한 죄라고 생각하시는지요? 죄도 죄 나름이죠. 저는 모든 사람에게 뇌물을 받는다고 공

---

1) 볼테르(Voltaire, 1694~1778)는 계몽주의 시대를 대표하는 인물로서 프랑스 작가이며 사상가이다.

공연하게 말합니다. 그런데 그 뇌물이란 게 뭔 줄 아세요? 사냥개 보르조이종(種)의 강아지입니다. 이건 뇌물이라고 할 수도 없어요.

시장 아니, 강아지건 뭐건, 뇌물은 뇌물이지.

암모스 표도로비치 아니죠, 안톤 안토노비치 시장님! 이를테면, 만일 누군가가 500루블 하는 모피 외투를 받고, 그 부인은 숄을…….

시장 그래, 당신은 보르조이종 강아지 새끼를 뇌물로 받았군. 그래서 그게 어쨌단 거요? 그건 그렇고 당신은 하느님을 안 믿잖아. 당신은 심지어 한 번도 교회에 나가본 적이 없잖아. 그래도 난 신앙심이 강하지. 일요일마다 교회에 나간단 말이야. 그런데 당신은…… 오, 난 당신을 알고 있어. 당신이 천지창조론에 대한 얘기를 꺼내기 시작하면, 난 그냥 머리털이 곤두선다니까.

암모스 표도로비치 그건 내 지혜로 혼자서 터득한 겁니다.

시장 그래, 경우에 따라선 차라리 지혜가 전혀 없는 게 많은 것보다 나을 수도 있지. 그건 그렇고 내가 지방 법원에 대해서 얘기했던 건 그냥 해 본 말이야. 솔직히 말해서 누가 거기를 들여다보겠어? 정말로 너무 부러운 곳이야. 하느님이 보살펴 주는 거지. 그런데 루카 루키치 교육감! 당신은 학교의 교육감이니까 특히 교원들에 주의해야 돼. 물론 그들은 많은 교육을 받은 학식 있는 사람들이지.

헌데 교원이란 작자들은 모두가 그 모양인지 행동
거지가 아주 괴상하단 말이야. 이를테면 얼굴이
통통한 친구 말이야…… 성(姓)은 기억나지 않
아. 여하튼 그는 교단에 오르면 얼굴을 찌푸리는
버릇이 있더라고. 바로 이렇게. (얼굴을 찌푸린다.)
그다음엔 손을 넥타이 밑으로 해서 턱수염을 쓰
다듬기 시작하더군. 물론 학생에게 그런 상통을
하는 거라면 그건 또 괜찮아. 어쩌면 그렇게 해야
하는 건지도 모르지. 어쨌든 그건 나로선 판단할
수 없는 노릇이야. 하지만 한번 생각해 봐. 그런
짓거리를 손님에게 했다고 말이야. 어쩌면 그 손
님은 대단히 기분 나빠할지도 몰라. 검찰관이나
다른 분이 자기에게 고의적으로 그런 짓을 한 걸
로 받아들일 수도 있으니까. 그렇게 되면 무슨 일
이 일어날지 아무도 모르는 거지.

루카 루키치 그자를 정말 어떻게 해야 하죠? 이미 몇 번이나
그자에게 말했습니다. 바로 요 며칠 전에도 우리
귀족 단장[2]이 교실에 들렀을 때, 생전 보지도 못
한 그런 상판을 하고 있는 겁니다. 그자야 선의로
그랬겠지만, 저는 문책을 당했습니다. 왜 젊은이
들에게 자유사상을 불어넣느냐는 거죠.[3]

---

2) 군(郡, 1775년에서 혁명 후 1929년까지의 행정 구획 이름)에 해당하는
지방의 귀족 회의에서 선출된 대표를 말한다.

시장　　　그리고 역사 과목을 맡고 있는 선생도 좀 문제가
　　　　　있더군. 당신에게 말해 둬야겠어. 그자는 학식이
　　　　　꽤 풍부하고 아는 게 많은 사람이더군. 그건 분명
　　　　　해. 그런데 문제는 제정신이 아닐 정도로 너무 열
　　　　　을 내며 강의한다는 거지. 나도 한번 그자의 강의
　　　　　를 들은 적이 있어. 아시리아와 바빌로니아에 관
　　　　　해서 얘기하고 있는 동안은 아무렇지도 않더니
　　　　　만, 얘기가 마케도니아의 알렉산드로스 대왕에
　　　　　이르자, 그자가 무슨 짓을 했는 줄 알아? 차마 말
　　　　　못 하겠어. 아이고! 난 불이 난 줄 알았지! 느닷
　　　　　없이 교단에서 뛰어내리더니만 글쎄 의자를 번쩍
　　　　　들어서 마룻바닥에 냅다 내려치더라니까! 그야
　　　　　물론 마케도니아의 알렉산드로스 대왕은 영웅이
　　　　　지. 하지만 왜 의자를 부수냐고? 국고 손실이야.

루카 루키치　그렇습니다. 그자는 성미가 급한 사람입니다! 벌
　　　　　써 몇 번씩이나 그 점을 주의시켰습니다만……
　　　　　“어쨌든 전 학문을 위해선 목숨도 아끼지 않을 겁
　　　　　니다.”라고 말하니 무슨 말을 하겠습니까.

시장　　　그래, 그런 것이 설명하기 어려운 운명의 법칙이
　　　　　지. 학식 있는 인간이 주정뱅이 아니면 성인이라
　　　　　도 돼야 참아 줄 험상궂은 상통을 하고 있으니

---

3) 니콜라이 1세는 자유주의와 자유로운 사상을 국가 전복적인 것으로 생
각했고, 그러한 사상이 젊은이들에게 퍼지는 것을 막기 위해 모든 분야에
감시와 통제를 실시했다.

말이야.

루카 루키치   정말 교육감 노릇도 못 해 먹겠습니다! 모든 것을 다 걱정해야 하거든요. 너도나도 간섭하려고 들고 자기 역시 똑똑한 인간이라는 걸 내세우니까요.

시장   그건 아무것도 아니야. 아무도 모르게 나오는 암행이 큰일이지! 갑자기 얼굴을 내밀고 "어, 반갑게도 여기에 다 계시네! 그래 이 고장의 판사는 누구지?" 하고 말하는 거야. "랴프킨탸프킨입니다." "그럼 랴프킨탸프킨을 이리 불러와! 그리고 자선병원장은 누군가?" "제믈랴니카입니다." "그럼 제믈랴니카를 이리 불러와!" 이렇게 되면 큰일이지!

2장
(앞 장의 사람들과 우체국장)

우체국장   여러분, 도대체 어떤 관리가 온다는 겁니까?

시장   당신은 정말 못 들었단 말이야?

우체국장   표트르 이바노비치 보브친스키에게서 듣긴 들었습니다. 조금 전에 저희 우체국에 들렀거든요.

시장   그래, 무슨 이야길 들었어? 당신은 어떻게 생각해?

우체국장   아니 어떻게 생각하느냐고요? 글쎄요, 터키와 전쟁[4]이라도.

암모스 표도로비치   맞아! 나 역시 그렇게 생각했어.

시장   둘 다 헛소리 하는군!

우체국장   정말입니다. 우리는 터키와 전쟁을 할 겁니다. 그건 모두 프랑스의 장난[5]이지요.

시장   터키랑 무슨 전쟁을 한다는 거야? 손해 보는 건 우리들이지 터키인들이 아니야! 그건 이미 다 아는 일이라고. 난 그에 대한 편지도 갖고 있어.

우체국장   아니, 그렇다면 터키와의 전쟁은 없겠네요.

시장   그래, 이반 쿠즈미치 우체국장! 당신은 도대체 어떻게 생각하나?

우체국장   제가 어떻게 생각하느냐고요? 안톤 안토노비치 시장님! 그럼 시장님은 어떻게 생각하십니까?

시장   어떻게 생각하느냐고? 글쎄 겁날 건 없지만 그저 좀…… 장사꾼들과 시민들이 마음에 걸리는군. 듣자니까 정말로 나한테 질색하는 것 같아. 설사 내가 어떤 자에게서 뇌물을 받았다 하더라도 그건 절대 그가 미워서가 아닌데 말이지. 난 심지어 이렇게까지도 생각해 보았어. (우체국장의 팔을 잡고 한쪽으로 데려간다.) 누군가 나를 밀고한 게 아닌가 생각하고 있거든. 안 그러면 도대체 검찰관이 왜 우리 지방에 오겠나? 이봐, 이반 쿠즈미치

---

4) 러시아는 약 100년간 터키와 끈임없이 전쟁을 벌였다. 그래서 당시 러시아 사회는 항상 터키와의 전쟁을 의식하고 있었다.
5) 러시아와 터키가 오랜 갈등을 겪을 때, 프랑스는 터키를 도와주었으며 물질적인 원조까지 해 주었다.

우체국장, 우리의 공동 이익을 위해 당신 우체국
에 들어오고 나가는 편지를 모조리 어떻게 좀 뜯
어 볼 수 없겠어? 편지 속에 어떤 밀고장이나 정
부와의 연락 문서 같은 것이 들어 있을 수도 있지
않겠나? 그런 내용이 없으면 도로 붙이면 그만이
잖아. 뭐, 또 그냥 개봉한 채로 보내도 되는 거고.

우체국장 알고 있습니다, 알고 있어요…… 그런 건 가르쳐
주지 않아도 됩니다. 저는 경계심 때문이 아니라
주로 호기심 때문에 그런 짓을 하고 있습니다. 세
상의 새로운 사실을 안다는 건 그야말로 흥미로
운 일이지요. 그건 정말 재미난 읽을거리랍니다.
어떤 편지를 읽으면 정말로 즐거워지죠. 온갖 재
미있는 사건이 쓰여 있거든요…… 실제로 또 교
훈도 되고요……《모스크바 통보》[6]보다도 재미
있습니다!

시장 그래, 어떤가! 페테르부르크에서 온 관리에 대해
서는 뭐 좀 읽은 것 없나?

우체국장 없습니다. 페테르부르크에 관한 건 아무것도 없었
고, 코스트로마와 사라토프에 관해선 많은 언급
이 있었습니다. 그런데 당신은 그 편지를 읽지 못

---

6) 1756년 모스크바 대학이 창간한 신문으로 1917년까지 발행되었다. 1779
년부터 1789년까지는 저널리스트 N.I. 노비코프가 발행인이었다. 고골 시대
에는 P.I. 샬리코프가 편집인으로, 1836년 이후에는 V.F. 코르시가가 편집
자로 활동했다.

하셨으니 정말 안타깝군요. 아, 그리고 최근엔 정말로 재미난 게 있었습니다. 얼마 전에도 한 중위가 친구에게 보낸 편지에서 무도회에 관해 참으로 재미있게 쓴 것을 읽었습니다…… 참으로, 참으로 훌륭합니다. "사랑하는 친구여! 내가 엠피레오[7]에 사는 것 같네. 아가씨들이 넘쳐 나고, 음악이 흐르면, 군기가 나부끼는데……." 참으로 정서가 넘쳐흐르는 문장이더군요. 그래서 일부러 그걸 빼놓았습니다. 어디 읽어 드릴까요?

시장　아니야, 지금은 그럴 형편이 못 돼. 이반 쿠즈미치 우체국장! 꼭 좀 그렇게 해 줘. 만일 진정서라든가 밀고장이 발견되면 따질 것 없이 압류해 버려.

우체국장　그렇게 하겠습니다.

암모스 표도로비치　조심해요. 그런 짓을 계속 하다간 언젠가 한번 혼날지 모르니 조심하시오.

우체국장　아, 그렇게 되면 큰일이지요!

시장　괜찮아, 괜찮아. 만일 당신이 그걸 공개한다든가 하면 문제가 되지만, 이건 집안 식구의 일이잖아.

암모스 표도로비치　그래 별 못된 짓을 다 하는군! 그런데 안톤 안토노비치 시장님! 저…… 실은 말입니다. 암캐 한 마리 드릴까 해서 댁에 잠깐 들르려던 참이었죠. 시장님도 알고 계신 수캐의 누이 됩니다. 체프토비

---

7) 단테는 『신곡』에서 '엠피레오(Empireo)'를 신이 머무는 곳으로 묘사한다.

치와 바르호빈스키가 서로 소송을 제기했다는 얘기 들으셨죠? 그래서 저는 요새 정말로 신바람이 난답니다. 이쪽저쪽 땅에서 다 토끼 사냥을 할 수 있어서요.

시장 이봐! 지금 내가 당신 토끼 얘기나 듣고 있을 때야? 내 머릿속은 지금 익명의 암행에 대한 생각으로 꽉 차 있어. 금방이라도 문이 벌컥 열리고 갑자기 쑥 들어온다면……

3장
(앞 장의 사람들)

보브친스키와 도브친스키가 숨을 헐떡이면서 등장한다.

보브친스키 큰일 났습니다!

도브친스키 뜻밖의 소식입니다!

일동 뭐야, 뭔데?

도브친스키 예상 못 한 일이에요. 저희가 여관에 갔는데…….

보브친스키 (말을 가로채면서) 표트르 이바노비치와 함께 여관에 가니까…….

도브친스키 (말을 가로채면서) 어이, 표트르 이바노비치! 미안하지만 내가 말할게.

보브친스키 안 돼, 미안하지만 내가 해야 돼…… 미안해, 미안…… 자네는 그런 말재주가 없으니까…….

도브친스키 자넨 말을 더듬는 데다, 모두 생각해 내지도 못하
잖아.

보브친스키 모두 다 생각해 낼 수 있어. 정말로 생각해 낼 수
있다니까. 이제 그만, 방해하지 마. 내가 말하게
해 줘. 훼방 놓지 말란 말이야! 여러분! 표트르 이
바노비치가 방해하지 않게 해 주세요.

시장 아니, 아무나 어서 얘기해 봐, 무슨 일이야? 답답해
죽겠네. 여러분, 자리에 앉아요! 의자를 가져와요!
표트르 이바노비치 지주! 자, 여기 의자가 있네.

일동은 두 표트르 이바노비치 둘레에 빙 둘러앉는다.

시장 그래, 무슨 일이야, 무슨 일인데?

보브친스키 가만, 가만 좀 있으세요, 차근차근 다 말씀드릴게
요. 그러니까 시장님께서 그 편지를 받으시고 안
절부절못하시는 걸 보고 댁에서 나오자마자, 그
렇습니다, 곧장 달려갔습니다…… 표트르 이바노
비치! 글쎄, 제발 좀 남의 말을 가로채지 말게! 나
는 다, 다, 다 알고 있으니까. 그래서 저는, 아시겠
어요? 코롭킨한테 뛰어갔죠. 그러나 공교롭게도
코롭킨이 집에 없었기 때문에 라스타콥스키한테
로 발길을 돌렸습니다. 그렇지만 라스타콥스키도
마침 집에 없어서 이번엔 우체국장 이반 쿠즈미치

한테 갔지요. 그 소식을 전하려고요. 거기서 나오다가 표트르 이바노비치를 만났는데…….

도브친스키 (말을 가로채면서) 파이 파는 가게 옆에서.

보브친스키 파이를 팔고 있는 가게 옆에서였죠. 아무튼 표트르 이바노비치를 만나 "자네 그 소식 들었나? 안톤 안토노비치 시장이 믿을 만한 사람에게서 받았다는 편지로 알게 된 소식 말이야." 하고 말했더니만 표트르 이바노비치는 그 소식이라면 이미 그 댁의 하녀 압도티야에게서 들었답니다. 무슨 일인지는 모르겠지만 그녀는 필립 안토노비치 포체추예프에게 심부름을 갔다는 거예요.

도브친스키 (말을 가로채면서) 프랑스산 보드카[8] 통을 가지러 갔었죠.

보브친스키 (그의 손을 뿌리치면서) 프랑스산 보드카 통을 가지러 갔었죠. 그래서 표트르 이바노비치와 함께 포체추예프한테 갔죠…… 근데 이봐, 표트르 이바노비치……! 이, 이 대목은…… 가로막지 마, 제발 좀 방해하지 마……! 그래요, 포체추예프한테 갔습니다. 그런데 도중에 표트르 이바노비치가 "음식점에나 들렀다 가세. 아침부터 아무것도 먹지 않았더니 배 속에서…… 이처럼 꼬르륵 소리가 나는걸……" 하고 말하지 않겠어요? 아니,

---

8) 프랑스 '코냑'을 말한다.

정말로 표트르 이바노비치의 배 속에선 꼬르륵
소리가 나고 있었습니다……. "자, 지금쯤 싱싱한
연어가 들어와 있을 테니 음식점에 들러서 그거
나 맛 좀 보고 가세." 하는 거예요. 그래서 저희들
은 여관에 들어갔지요. 그런데 그때 갑자기 한 젊
은 남자가…….

도브친스키 (말을 가로채면서) 훌륭한 풍채에 사복을 입은…….

보브친스키 훌륭한 풍채에 사복을 입은 사람이 방 안을 서성
거리고 있지 않겠어요? 심각한 얼굴을 하고 말이
에요…… 용모하며…… 거동하며, 그리고 여기하
며 (이마 언저리에서 손을 내두른다.) 그 어느 것 하
나 나무랄 데가 없었어요. 저는 마음에 짚이는 데
가 있어 표트르 이바노비치에게 "여기에 뭔가 까
닭이 있는 것 같아." 하고 말했죠. 그래요. 그러자
표트르 이바노비치는 얼른 손짓을 하여 여관 주
인을, 여관 주인 블라스를 불렀습니다. 주인의 마
누라는 삼 주 전에 출산을 했지요. 아주 똘똘한
사내아입니다. 역시 아비처럼 여관을 잘 꾸려 나
갈 겁니다. 여하튼 표트르 이바노비치는 블라스
를 불러 조용히 "저 젊은 사람은 누구야?" 하고
물었죠. 그러자 블라스가 이렇게 대답하는 거예
요. "저 사람은……." 이거 봐, 말을 가로채지 마,
표트르 이바노비치, 제발 좀 가로채지 말란 말이
야. 자네는 얘기하지 못해, 제대로 얘기하지 못

한다니까. 자네 목소리에는 약간 쉭쉭하는 소리가 섞이잖아. 이빨 하나가 입속에서 휘파람 소리를 낸다고……. "저 젊은 사람은 관리입니다. 페테르부르크에서 오신 이반 알렉산드로비치 흘레스타코프라는 이름의 관리인데 사라토프로 가신다는군요. 그런데 아주 이상한 사람이에요. 벌써 지난주부터 묵고 계신데 도통 떠날 생각을 안 해요. 그리고 모든 건 나중에 계산하자며 달아 놓기만 할 뿐 한 푼도 계산하려고 들지 않습니다." 그자가 나에게 이렇게 말했을 때, 나는 마치 하늘의 계시를 받은 것 같았습니다. 그래서 저는 "어이!" 하고 표트르 이바노비치에게 말했습니다…….

도브친스키 아니야, 표트르 이바노비치, "어이!" 하고 말한 건 나야.

보브친스키 처음에 말한 건 자네였지만, 다음엔 나도 말했어. "어이!" 하고 표트르 이바노비치와 함께 말했습니다. 우리도 의문이 든 거예요. "사라토프에 가야 할 사람이 왜 여기에 주저앉아 있을까?" 하고 말이죠. 맞아요, 그 사람이 바로 그 관리예요.

시장 누구라고, 어떤 관리?

보브친스키 시장님이 소식을 받으셨다던 그 관리 말씀이에요. 그 검찰관이라고요.

시장 (겁에 질려) 무슨 소리 하는 거야, 뚱딴지같이! 그자는 그 사람이 아니야.

도브친스키	그 사람이 맞습니다! 돈도 내지 않고, 가지도 않습니다. 그가 아니면 도대체 누구란 말입니까? 여행증에도 분명 사라토프행이라고 적혀 있었습니다.
보브친스키	그 사람입니다. 그 사람이에요, 정말로 그 사람이에요…… 관찰력이 강해 보였고, 모든 것을 죽 훑어보는 눈치였습니다. 글쎄 표트르 이바노비치와 연어를 먹고 있는 걸 보더니, 우리 접시를 이렇게 들여다보지 뭡니까? 표트르 이바노비치가 배가 고프다고 해서 먹었지만…… 저는 심한 공포에 사로잡혔습니다.
시장	오 하느님, 죄 많은 저희들을 용서해 주시옵소서! 그래, 그분은 지금 어느 방에 묵고 계시지?
도브친스키	층계 밑의 5호실이에요.
보브친스키	지난해 여행 중이던 장교들이 싸움을 벌였던 바로 그 방입니다.
시장	그래, 그분이 여기에 계신 지는 얼마나 된 건가?
도브친스키	그러니까 벌써 이 주 됐습니다. 이집트인 성자 바실리의 축일⁹⁾에 왔다고 했으니까요.
시장	두 주라! (방백) 하느님 맙소사, 이거 야단났군! 오, 이 일을 어쩐다지! 아아, 성자들이여 도와주소서! 요 두 주 동안에 하사관의 마누라를 채찍으로 때려 줬지! 죄수들에겐 먹을 걸 주지 않았

---

9) 성 바실리 축일은 2월 28일이다. 여기서는 고골이 지어낸 가공의 성자이다.

고! 게다가 길거리는 지저분하고 난장판이니! 이런 망신이! 오, 이런 일이! (머리를 움켜쥔다.)

아르테미 필립포비치 안톤 안토노비치 시장님! 어떻게 하시겠습니까? 정장을 하고 정식으로 여관에 찾아가시는 게 좋지 않을까요?

암모스 표도로비치 아니야, 그건 안 돼요! 먼저 시장이 앞장서고, 그다음 성직자, 상인의 차례로 가야 합니다. 『프리메이슨 요한의 행적』[10]이라는 책에도 그렇게 쓰여 있어요…….

시장 그만, 그만, 그건 내게 맡겨 둬. 내 한평생 어려운 고비가 여러 번 있었지만 모두 무사히 넘겼지! 심지어는 고맙다는 말까지 들었다고. 아마 이번에도 하느님이 도와주실 거야. (보브친스키에게로 얼굴을 돌리면서) 젊은 사람이라고 했지?

보브친스키 젊어요. 기껏해야 한 스물서너 살쯤 됐을까요.

시장 더 좋아. 젊은 녀석 같으면 얼른 냄새를 맡을 수 있거든. 늙은 놈 같으면 큰일이지만 젊은 놈들은 원래 모두 겉에 나타나기 마련이지. 여러분, 자기

---

10) 암모스 표도로비치가 언급한 『프리메이슨 요한의 행적(Denia Ioanna Masona)』은 영국 프리메이슨에 대한 작품으로 18세기에 러시아어로 번역되었다. 18세기 후반의 프리메이슨은 러시아 지성사에서 아주 중요하다. 1792년 예카테리나 여제는 프리메이슨의 비밀 조직과 그들의 이상주의의 영향력을 염려해 프리메이슨의 지도자들을 체포했다. 여기서 암모스 표도로비치는 금지된 책을 언급하고 있는 것이다.

가 맡은 일에 따라 잘 준비하시오. 그럼 난 혼자, 그렇지 않으면 이 표트르 이바노비치라도 데리고 산책을 하는 것처럼 하고, 여행자들이 어떤 불편을 겪고 있진 않나 한번 둘러보고 오겠소. 어이, 스비스투노프 경찰!

스비스투노프 무슨 일이신가요?

시장 지금 가서 경찰서장을 불러오게. 아, 아니야. 나한테는 자네가 필요해. 누구 딴 사람을 보내 경찰서장을 가능한 한 빨리 내게로 오라 하고, 자넨 얼른 이리로 와 봐.

경찰이 숨을 헐떡거리며 뛰어간다.

아르테미 필립포비치 암모스 표도로비치 판사님! 자, 어서 갑시다, 가자고요! 이거 정말로 한바탕 큰 난리가 일어나고야 말겠어.

암모스 표도로비치 그런데 자네는 뭐 겁낼 거 없잖아? 환자들에게 깨끗한 모자만 씌우면 그만 아닌가.

아르테미 필립포비치 어디 환자 모자뿐인 줄 알아요! 환자들에게 보릿가루 수프를 주라는 명령이 내려왔는데, 우리 자선 병원의 복도는 온통 양배추 수프를 나르는 냄새만 코를 찌를 정도로 진동하거든.

암모스 표도로비치 그러고 보면 난 마음이 편해. 정말이지 누가 지방 재판소 같은 데를 들르겠나? 하지만 그 어떤 서류라도 들여다보는 날엔 정말 살맛 나지 않을걸. 난 벌써 십오 년 동안이나 재판석에 앉아 있지만, 서류만 들여다보면 골치가 아파서 두 손을 내저을 수밖에 없다고. 그 서류에서 뭐가 진실이고 뭐가 거짓인지는 솔로몬왕도 판단할 재간이 없을 거란 말이지.

판사, 자선 병원 원장, 교육감, 그리고 우체국장이 퇴장하다가 돌아오던 경찰과 문간에서 부딪친다.

4장
(시장, 보브친스키, 도브친스키, 경찰)

시장 어떻게, 마차는 대 났나?

경찰 대 났습니다.

시장 한길로 나가…… 아니야, 잠깐 있어 봐! 가지고 와…… 그런데 다른 녀석들은 대체 어디에 있는 거지? 아니, 그래 자네 혼자야? 프로호로프도 여기에 있으라고 했을 텐데. 프로호로프는 어디에 있나?

경찰 프로호로프는 경찰서에 있습니다. 하지만 지금은 아무 일도 못 합니다.

시장 그건 또 왜?

경찰   새벽에 잔뜩 취하여 시체처럼 되어 있는 걸 데려
왔거든요. 물을 두 통이나 끼얹었었는데도 지금까
지 깨질 않았습니다.

시장   (머리를 움켜쥐면서) 아, 아니 이런, 아니 이런! 얼
른 길가로 나가! 아니야, 그 전에 내 방으로 달려
가서 내 검과 새 모자를 가지고 와. 알겠나! 자,
표트르 이바노비치 지주! 가세!

보브친스키   안톤 안토노비치 시장님! 저도, 저도…… 저도
데려가 주십쇼.

시장   아니야, 안 돼. 표트르 이바노비치 지주! 안 돼, 안
돼! 당신까지 데리고 가면 어색해. 그리고 또 마
차에 타지도 못하고.

보브친스키   괜찮습니다, 괜찮습니다, 저는 조심조심해서 살짝
마차 뒤를 따라 쫓아가겠습니다. 그분의 행동거지
가 어떤지 문틈으로 그냥 살짝, 아주 살짝 들여다
보기만 하겠습니다.

시장   (칼을 챙기면서 경찰에게) 지금 뛰어가서 경찰들을
모아. 그리고 각자…… 뭐야, 이 칼은 어지간히도
녹슬었군! 그 망할 놈의 장사꾼 압둘린 녀석 같으
니. 시장의 칼이 낡은 걸 알면서도 새것을 보내지
않다니. 아주 약은 놈이잖아! 이 사기꾼들, 어쩌
면 소매 밑에 탄원서를 준비하고 있는지도 모르
지. 알겠나? 각자 길을 들고…… 제기랄, 길을 들
다니. 비를 들고, 음식점으로 가는 길을 모두 쓸

라고 해. 깨끗이 쓸어야 돼…… 알겠나! 그리고
조심해, 너! 너 말이야! 다 알고 있어. 거기서 우
물쭈물하다가 장화 속에다 은수저를 훔쳐 넣었
잖아. 조심해, 나는 소식이 빨라……! 그리고 너!
넌 장사꾼 체르냐예프에게 무슨 짓을 했어? 응?
그자가 너에게 제복용 나사 2아르신[11]을 줬는데,
넌 한 필을 몽땅 뺏어 먹었지. 조심해! 분수에 맞
지 않게 가로챈 거야! 그만 가!

5장
(앞 장의 사람들과 경찰서장)

시장 　스테판 일리치 경찰서장! 자네는 도대체 어디로
　　　사라졌었나? 어디 한번 말해 봐. 지금 도대체 뭐
　　　하는 거야?

경찰서장 저는 지금까지 계속 여기 문밖에 있었습니다.

시장 　그럼 알고 있겠군! 스테판 일리치 경찰서장! 지금
　　　페테르부르크에서 관리가 왔다고. 자네는 어떻게
　　　대처했나?

경찰서장 네, 시장님 명령대로 했습니다. 경찰 푸고비친에게
　　　경사들을 붙여 인도를 청소하라고 보냈습니다.

---

11) 러시아의 옛 계량 단위로 1아르신(arshin)이 71.12센티미터에 해당한다.

시장　　　 그런데 경찰 데르지모르다는 어디에 있는 거야?

경찰서장　 데르지모르다는 소방펌프 차를 타고 갔습니다.

시장　　　 프로호로프는 취해 있다고?

경찰서장　 네, 취해 있습니다.

시장　　　 그래 자네는 그자를 왜 그렇게 내버려 뒀나?

경찰서장　 저는 정말 아무것도 모릅니다. 어제 교외에서 싸
　　　　　 움이 일어나 치안 유지를 위해 그리로 나갔었는
　　　　　 데 그렇게 잔뜩 취해서 돌아온 겁니다.

시장　　　 그럼 알겠나? 자넨 이렇게 좀 해 줘. 경찰 푸고비
　　　　　 친은…… 그자는 키가 크고 허우대가 좋으니 길
　　　　　 을 정리하도록 다리 위에 세워 둬. 그리고 구둣방
　　　　　 옆의 낡은 담장을 당장 철거하고, 마치 구획 정리
　　　　　 가 되어 있는 것처럼 푯말을 세워. 많이 부수면
　　　　　 부술수록 시장의 활동이 그만큼 더 인정을 받게
　　　　　 되는 거지. 아, 이런! 그만 깜빡 잊고 있었네. 그 담
　　　　　 장 옆엔 달구지로 마흔 대는 족히 될 온갖 쓰레기
　　　　　 가 쌓여 있지? 이거 정말 나쁜 인간들이야! 어딘
　　　　　 가 기념비를 세우거나 담장을 치거나 하면 금방
　　　　　 어디서 그렇게들 가져오는지…… 쓰레기가 산더
　　　　　 미처럼 쌓이고 말거든! (한숨을 쉰다.) 그리고 만일
　　　　　 그 관리가 근무에 대해서 "만족하나?" 하고 묻거
　　　　　 든 "모든 것에 만족합니다, 각하!"라고 대답하게끔
　　　　　 미리 일러두게. 불만이 있다고 말하는 녀석은 나
　　　　　 중에 꼭 그렇게 되도록 만들어 줄 테니까…… 오,

오, 호, 호! 나는 죄 많은 인간이야, 정말 죄 많은 인간이야. (모자 대신 상자를 든다.) 하느님, 제발, 한시바삐 이 고난에서 벗어나게 해 주소서. 그렇게만 해 주신다면 은혜에 보답하기 위해 아직 아무도 바친 일이 없는 큰 초를 교회에 헌납하겠습니다. 그 교활한 상인 놈들에게 초를 3푸드[12]씩 거둬들이면 될 거야. 아, 정말 큰일은 큰일이야! 표트르 이바노비치, 가세! (모자 대신 종이 상자를 쓰려고 한다.)

경찰서장   안톤 안토노비치 시장님! 그건 상잡니다, 모자가 아닙니다.

시장   (상자를 던지면서) 이런 제기랄! 상자는 상자로군. 아 참! 그리고 만일 오 년 전에 예산이 지출된 자선 병원의 부속 교회를 왜 세우지 않았느냐고 묻거든 잊지 말고 이렇게 대답하시오. "짓기 시작하자마자 몽땅 타 버렸습니다." 나도 그렇게 보고했으니까. 만약 혹시라도 누군가 깜빡 잊고 "아직 시작하지도 않았습니다."라고 멍청하게 입을 놀리면 큰일 난다고. 그리고 경찰 데르지모르다에겐 함부로 주먹을 휘두르지 말라고 하게. 그자는 질서 유지에 나서면 아무나 마구 치는 버릇이 있거든. 좋고 나쁘고를 가리지 않고 말이야. 표트르

---

12) 러시아의 옛 중량 단위로 1푸드(pud)가 16.38킬로그램에 해당한다.

이바노비치! 자, 가세, 가! (나가다가 다시 되돌아온다.) 그리고 그 군인 말이야, 옷을 다 갖추어 입지 않으면 절대 길에 내보내지 마. 그 더러운 경비병 녀석은 루바시카[13] 위에다 군복을 껴입고 아랫도리에는 아무것도 입지 않고 있더군.

모든 사람이 퇴장한다.

6장

안나 안드레예브나와 마리야 안토노브나가 무대로 뛰어든다.

안나 안드레예브나 어디에 있지, 모두들 어디 있는 거야? 아, 아니 이런……! (문을 열면서) 여보! 안토샤[14]! 안톤! (매우 빠르게 말한다.) 모두 네 탓이야, 모두가 너 때문이야. "내 핀이, 내 스카프가." 하고 꾸물대더니. (창문으로 달려가 소리친다.) 안톤, 어딜, 어딜 가요? 뭐 누가 왔다고요? 검찰관? 수염이 있다고요? 무슨 수염이?
시장의 목소리 나중에, 나중에, 여보!

---

13) 루바시카(rubashka)는 러시아식 넓은 상의를 말한다.
14) 안토샤(Antosha)는 남편 안톤을 사랑스럽게 부르는 애칭이다.

안나 안드레예브나　나중에요? 나중에가 다 뭐예요! 싫어요, 나중에는…… 딱 한마디만 해 봐요. 어떤 분이죠, 대령인가요? 네? (무시하듯이) 그냥 가 버렸군! 어디 두고 보자. 이렇게 된 건 모두 너 때문이야. "엄마, 엄마, 잠깐만요. 스카프를 뒤에서 핀으로 꽂고요, 이제 금방 돼요." 하면서 꾸물댔잖아. 금방 다됐다는 게 요 모양이냐! 너 때문에 아무것도 못 들었잖아! 모든 게 다 저주받을 네 교태 때문이란 말이야. 우체국장이 왔단 말을 듣고 거울 앞에서 모양내는 꼴 좀 보라지. 이쪽으로 봤다 저쪽으로 봤다 하면서. 넌 그 사람이 너한테 반해 있는 걸로 생각하는데, 천만에, 네가 돌아서기만 하면, 그 사람은 얼굴을 찌푸리더라고.

마리야 안토노브나　그래서요? 엄마, 어쩌란 말이에요? 두 시간만 있으면 전부 알게 될 텐데 뭘 그래요?

안나 안드레예브나　흥! 두 시간 뒤에! 참 고맙기도 하구나! 그렇게 친절히도 대답해 줘서! 왜 이렇게는 말하지 않니? "한 달 뒤면 더 잘 알 수 있을 거예요!"라고. (창문 밖으로 몸을 내민다.) 이봐, 압도티야! 응? 압도티야, 그래 너! 혹시 누가 왔다는 말 못 들었어……? 못 들었다고? 어유, 저런 맹추 같은 년! 주인어른이 손을 흔드셨다고? 손을 흔든 건 흔든 거고. 아무튼 뭐라도 좀 물어봤으면 좋았을 텐데. 그런 것도 하나 알아내지 못하고! 머리로는 형편

없는 생각만 하지. 줄곧 사내 생각만 하고 말이야. 응! 다들 서둘러 떠났다고! 그럼 너도 마차 뒤를 쫓아가면 될 것 아냐. 어서, 어서 가 봐, 지금 곧! 알겠어? 뛰어가서 모두들 어디로 갔는지 알아봐. 그리고 잘 물어봐, 어떤 사람이 왔는지, 어떻게 생긴 사람인지, 알겠어? 문틈으로 들여다보고 다 알아 오란 말이야. 눈이 검은지 어떤지 말이야. 그리고 곧장 돌아와야 해, 알겠니? 빨리, 빨리, 빨리! (막이 내릴 때 까지 소리친다. 막이 내리면서 창가에 서 있는 두 사람을 가린다.)

막이 내린다.

2막

여관의 작은 방. 침대, 테이블, 트렁크, 빈 병, 장화, 옷솔 등등.

1장

오시프가 주인 나리의 침대 위에 누워 있다.

오시프   제기랄, 배고파 죽겠네. 배 속에선 1개 연대가 나
        팔이라도 부는지 계속 꾸르륵거리네. 아무래도 집
        엔 못 돌아갈 것 같아. 주인 나리는 대체 어떻게
        할 작정이지? 페테르부르크를 떠난 지도 벌써 두
        달이나 지났잖아! 도중에 여비도 다 날려 버리고.
        이제 이러지도 저러지도 못하고 꼬리를 잔뜩 내

려 버리고 말았으니. 내 참, 그래도 천하태평이니. 그 짓거리만 하지 않았어도 마차값쯤은 남아 있을 텐데. 하지만 그게 아니야. 어떻게 된 사람이 아무 도시에서나 꼭 허세를 부린단 말이야! (주인 흉내를 내면서) "어이, 오시프! 가서 방을 보고 와, 제일 좋은 방이어야 해. 식사도 제일 좋은 걸로 주문하고. 난 맛없는 식사는 못 먹으니까." 솔직히 말해서, 허세 부릴 만한 것이 하나라도 있다면 몰라도, 겨우 보잘것없는 14등관[15] 인생이잖아! 항상 오다가다 만난 녀석들과 어울려서 노름이나 하고. 결국은 홀랑 다 잃고 말지! 아, 이젠 이런 생활도 지긋지긋해! 차라리 시골이 낫지. 재미있는 일은 없어도 고생은 덜하니까. 마누라나 하나 얻어서 날마다 침대 위에서 뒹굴며 파이나 먹고 있으면 그만이지. 하지만 누가 뭐래도 솔직히 말해 페테르부르크 생활이 최고지. 돈만 있으면 얼마든지 세련되고 멋진 생활을 할 수 있잖아, 연극이고 개가 추는 춤이고 뭐든지 마음대로지. 말

15) 여기서 오시프가 사용한 흘레스타코프의 관등 'elistratishka'라는 단어는 14등관을 비하하여 부르는 칭호. 관등표에 따르면 흘레스타코프는 최하위 급인 14급 말단 공무원인 것이다. 1722년 표트르 대제는 프러시아와 덴마크의 관료 제도를 모델로 하여 러시아의 일반 관리와 군인을 14등급으로 분류했다. 모든 관등이 귀족 계급에 속하는 것으로 간주되나, 실제적으로 세습 귀족은 1등관에서 8등관까지를 말한다.

하는 것도 귀족 못지않게 고상한 말씨를 쓸 수 있
고. 시추킨 시장에 나가면 장사꾼들이 "나리!" 하
고 부르질 않나, 나룻배를 타면 관리들과 함께 앉
지를 않나, 친구가 아쉬울 땐 가게에 가면 기병 장
교가 군대 야영 생활 이야기를 들려주지. 하늘의
별들은 저마다 의미가 있고, 그 모든 걸 손바닥
위에서 보듯이 설명해 주거든. 그리고 늙은 장교
마누라가 들르기도 하지만, 종종 쓸 만한 하녀도
눈에 띈단 말이야…… 흐흐흐……. (웃으며 고개
를 흔든다.) 그보다 더 점잖고 상냥하게 사람을 대
접하는 곳이 어디 있나! 단 한 번도 상스러운 말
을 들어 본 적이 없어. 내게도 언제나 '존댓말'을
쓰지. 또 걷기가 지겨울 땐 마차를 잡아타고 어
느 댁 나리인 양 앉아 있으면 되고. 만약 마차 삯
을 주고 싶지 않다면, 그야 그럴 땐 뭐 어느 집이
든 곁문은 있는 법이니까, 악마도 뒤쫓지 못할 정
도로 빨리 뛰어 들어가면 그만이지 뭐. 딱 한 가
지 나쁜 건 배 터지게 맛있는 걸 먹다가도, 자
칫 잘못하다간 그다음에 지금처럼 굶어 죽게 되
는 꼴을 당할 수도 있단 거지. 하긴 이건 모두 주
인 나리의 잘못 때문이지. 이자를 어떻게 해야 하
나? 부친이 보내 준 돈이라도 어떻게 조금 간수하
고 있으면 좋겠는데. 천만에……! 금방 또 돈을
뿌리러 나가니 말이야. 마차를 탄다고 하든지 매

일 극장표를 산다며 싸돌아다니지. 하지만 일주일만 지나 보라지. 땡전 한 푼 없어서 새 프록코트를 고물상에다 팔아 버리질 않나, 마지막 셔츠까지도 다 팔아 없애 버리질 않나. 그자의 몸에는 외투밖에 남지 않을 때도 있지…… 아아, 이건 정말! 옷감이 정말 좋은 건데, 영국제란 말이야! 한 벌에 150루블은 족히 하는 이 프록코트를 시장에선 단돈 20루블밖에 받지 못한단 말이야. 더구나 양복바지 따윈 말할 필요도 없지. 그냥 헐값에 넘겨 버리는 거야. 왜냐고? 일을 안 하니까. 근무하러 가지는 않고, 거리에 나가 노름이나 하니. 나이 든 부친이 이 사실을 알기라도 해 봐. 그야말로 큰일 날걸! 부친께선 자기가 관리건 뭐건 아랑곳하지 않으시니까. 루바시카를 걷어 올리고 내리치면 한 나흘은 볼기짝을 긁고 있어야 할 거야. 일을 하려거든 제대로 근무를 해야지. 바로 오늘만 해도 여관 주인이 "여태까지의 비용을 계산해 주지 않으면 당신들에게 먹을 것을 주지 않겠다." 하고 말했는데 말이야. 아니, 그런데, 정말로 계산하지 못하면 어떻게 될까? (한숨을 쉰다.) 아, 뭐 국물이라도 좀 마셨으면! 지금 같아선 세상을 통째로 먹어 치워도 시원치 않을 느낌이야. 음, 문을 두드리고 있군. 그자가 온 모양이야. (침대에서 급히 뛰어내린다.)

2장
(오시프와 흘레스타코프)

흘레스타코프 자, 이것 좀 받아. (모자와 지팡이를 건네준다.) 또 침대에서 뒹굴고 있었나?

오시프 제가 왜 뒹굴어요? 아니, 제가 뭐 침대를 처음 보는 줄 아세요, 네?

흘레스타코프 거짓말하지 마, 뒹굴고 있었어. 이것 봐, 이불이 모두 구겨졌잖아!

오시프 하지만 침대가 저에게 무슨 소용이 있어요? 아니, 저 침대가 누구 건지 제가 모르는 줄 아세요? 저에겐 이 두 다리가 있습니다. 전 서 있었다고요. 왜 저에게 나리의 침대가 필요합니까?

흘레스타코프 (방 안을 걸어 다닌다.) 이봐, 거기 있는 봉지 속에 담배 없나?

오시프 담배요? 여기 그런 게 어딨어요? 몽땅 다 피워 버린 지 나흘이나 됐어요.

흘레스타코프 (입술을 다양한 모양으로 씰룩거리며 왔다 갔다 한다. 마침내 큰 소리로 단호하게 말한다.) 어이, 오시프! 내 말 잘 들어 봐!

오시프 무슨 말씀인데요?

흘레스타코프 (큰 소리지만 아까처럼 단호하지는 않은 목소리로) 거기 좀 갔다 오게.

오시프 어디요?

흘레스타코프 (전혀 단호하지도 크지도 않은 거의 사정하는 목소리
로) 아래층 식당에 …… 거기 가서 말해 …… 식
사를 좀 갖다 달라고.

오시프 전 안 갈래요. 가고 싶지 않아요.

흘레스타코프 뭐가 어째? 이 바보야!

오시프 그저 그렇다는 겁니다. 그리고 어차피 마찬가지예
요. 설사 간다 해도 아무 소용 없어요. 오늘 주인
이 이제는 더 이상 식사를 못 주겠다고 딱 잘라
말했어요.

흘레스타코프 어째서 못 주겠다는 거야? 그런 엉터리가 어디
있어!

오시프 그리고 또 이런 말도 했죠. "시장한테 찾아가겠어.
네 주인은 삼 주일 동안이나 돈을 내지 않고 있다
고. 네놈이나 주인이나 다 사기꾼이야. 특히 네놈
주인은 협잡꾼이야. 그따위 건달패나 불한당은
만날 봐 와서 잘 알아."

흘레스타코프 이 망할 놈! 그런 말을 모두 나에게 전하니 기쁘냐.

오시프 이런 말도 했어요. "네놈들을 이대로 그냥 놔뒀
다간 별별 놈들이 다 몰려들어서 실컷 먹고 잔뜩
빚이나 짊어지겠지. 그러면 나중에는 내쫓지도 못
하게 돼. 지금 농담하는 거 아니야. 당장 고발하겠
어. 유치장에 가둬 두었다가 감옥에 처넣어야지."

흘레스타코프 그래, 그래, 이 바보야. 됐어, 그만해! 그만하고 얼
른 가서 주인장에게 식사나 달라고 해. 이 무식한

짐승 같은 놈!

오시프　그럼 차라리 주인을 이리로 데려오겠습니다.

흘레스타코프　뭣 하러 주인을 불러와? 네가 직접 가서 그렇게 말해.

오시프　하지만, 나리, 정말로…….

흘레스타코프　아니, 갔다 오라면 갔다 올 것이지, 요 망할 놈이! 그럼 주인을 불러오든지.

오시프가 퇴장한다.

3장
(흘레스타코프 혼자서)

흘레스타코프　이거 배가 너무 고픈걸! 조금 돌아다니다 오면 시장기가 좀 가시지 않을까 했는데…… 웬걸, 제기랄. 그게 아닌데? 펜자[16]에서 술을 퍼마시지만 않았어도 집까지 갈 돈은 남았을 텐데. 그 보병 대위 녀석이 나를 완전히 속였어. 그 건달 녀석, 카드 게임[17]에서 이기는 솜씨가 여간 놀라운 게 아니야. 교활한 놈. 기껏해야 한 십오 분쯤 앉아

---

16) 수라강 옆에 있는 도시.
17) 여기서 말하는 카드 게임 시토스(shtos)는 도박용 카드 게임인 파로와 유사한 것이다.

있었는데, 몽땅 털리고 말았어. 하지만 그자와 다시 한번 겨뤄 보고 싶군. 하지만 이젠 그럴 기회가 없을 테지. 아아, 참으로 더러운 지방이야! 어떤 과일 가게에서도 외상으론 아무것도 주지 않고 말이야. 이거 정말로 치사해. (처음엔 「로베르」[18]를 휘파람으로 불다가 다음에는 "어머니, 내 옷을 만들지 마세요."[19]를 휘파람으로 분다. 마지막에는 이것도 저것도 아닌 노래가 된다.) 아무도 오려고 들지 않는군.

4장

(홀레스타코프, 오시프, 여관집 하인)

하인 주인이 무슨 일인지 가서 알아보라고 해서 왔습니다.

홀레스타코프 여보게! 별일 없나? 그래, 건강은 어떤가?

하인 네, 덕분에…….

홀레스타코프 그래 뭐, 여관은 어때? 장사는 잘돼?

하인 네, 덕분에 잘되고 있습니다.

홀레스타코프 손님은 많나?

---

18) 마이어베어의 오페라 「악마 로베르(Robert le Diable)」를 말한다.
19) 「붉은 사라판(Krasnyi sarafan)」이라는 러시아 옛 노래의 첫 번째 줄 가사다. 사라판은 소매가 없는 부인복의 일종이다.

하인   네, 꽤 많습니다.

흘레스타코프   그런데 여보게! 여기 아직 식사를 가져오지 않았
어. 좀 빨리 갖다주게. 난 식사를 빨리 끝내고 볼
일이 또 있으니까.

하인   죄송하지만 주인이 이젠 식사를 주지 말라고 합
니다. 오늘은 기어이 시장님한테 가서 고발하겠다
고 하더군요.

흘레스타코프   아니 그런데 도대체 뭘 고발하겠다는 건가? 여보
게, 자네도 한번 생각해 보게. 이게 도대체 무슨
경우인가? 정말이지 우선 내가 먹어야 하잖나. 이
러다간 곧 굶어 죽겠어. 난 지금 먹고 싶단 말이
야. 농담하는 게 아니라고.

하인   그러시겠죠. 하지만 주인은 "여태까지 밀린 외상
값을 주기 전엔 식사를 줄 수 없다."라고 합니다.
주인의 대답이 뻔한데요.

흘레스타코프   그러니까 네가 주인을 잘 설득해 봐.

하인   그럼 뭐라고 말해야 할까요?

흘레스타코프   우선 내가 먹어야 한다는 걸 진지하게 납득시켜
봐. 돈은 저절로…… 아유, 그놈은 자기가 하루
쯤 굶어도 괜찮다고 남도 똑같은 줄 아는 거야.
어이없군!

하인   그럼, 그렇게 말해 보겠습니다.

5장

(흘레스타코프 혼자서)

흘레스타코프 정말로 먹을 걸 아무것도 안 주면 어쩌지. 이렇게 배고프기는 생전 처음이네. 옷이라도 잡혀 볼까? 바지라도 팔아 볼까? 아니야, 배가 조금 고프더라도 차라리 페테르부르크의 옷을 입고 집에 돌아가는 편이 낫지. 이오힘[20]이 마차를 새로 내주지 않는다니 정말로 유감인걸. 제기랄, 마차 타고 집에 돌아가면 오죽이나 좋아? 제복을 입은 오시프를 뒤에 세우고 램프가 달린 마차에 떡하니 올라앉아 이웃 지주 집의 현관으로 의젓하게 몰고 들어간다면 얼마나 좋을까. 다들 아주 깜짝 놀라겠지. "뭐! 저게 누구야?" 하고 말이야. 그러면 하인이 들어가서 (똑바로 서서 하인 흉내를 내면서) "페테르부르크에서 오신 이반 알렉산드로비치 흘레스타코프입니다. 면회할 수 있는 영광을 주시겠습니까?" 하고 말하지. 그러면 그 무식한 친구들이 "면회를 할 수 있는 영광을 주시겠습니까?"가 무슨 말인지 알게 뭐야. 만일 어떤 시골 지주가 그자들을 찾아간다면, 곰처럼 곧장 객실로 어

___

20) 이오힘(I. A. Ioxim, 1762~1834)은 당시 페테르부르크의 유명한 마차 제조 업자다. 그의 마차 임대료는 한 달에 400루블 정도로 고가다.

슬렁어슬렁 기어 들어가겠지. 나는 우선 예쁜 주
인집 아가씨 곁으로 다가가서, "아가씨, 저는 얼
마나……." (두 손을 비비고 발꿈치와 발꿈치를 가볍
게 부딪치며 경례를 한다.) 퉤! (침을 뱉는다.) 제기랄,
어찌나 배가 고픈지 구역질이 다 나네.

6장

(흘레스타코프, 오시프, 그다음에 여관집 하인)

흘레스타코프 그래 어찌 됐나?

오시프 식사가 옵니다.

흘레스타코프 (손뼉을 치면서 의자에서 살짝 일어선다.) 온다! 가져
온다! 가져온다!

하인 (접시와 냅킨을 들고) 주인 말씀이 이게 마지막이라
고 합니다.

흘레스타코프 뭐, 자넨 말끝마다 주인, 주인 하지만…… 자네
주인 따위는 아무것도 아냐! 그런데 그건 뭐지?

하인 수프와 쇠고기요.

흘레스타코프 뭐야! 딱 이렇게 두 접시뿐인가?

하인 그것밖에 없습니다.

흘레스타코프 이런 엉터리 수작 부리지 마! 난 이따위 음식은
먹지 않아! 주인한테 가서 말해. 이게 도대체 뭐
냐고……! 이건 너무 적어.

하인　주인은 이것도 많다던데요.

흘레스타코프　그리고 소스는 왜 없어?

하인　소스는 없습니다.

흘레스타코프　뭐, 없다고? 주방 옆을 지나오면서 거기 잔뜩 준비되어 있는 걸 내 두 눈으로 똑똑히 봤는데. 그리고 오늘 아침만 해도 식당에서 어떤 땅딸막한 사내 두 명이 연어니 뭐니 해서 많은 걸 먹고 있었다고.

하인　그때야 있었는지 모르지만, 어쨌든 없습니다.

흘레스타코프　어째서 없다는 거야?

하인　하여튼 이제 없습니다.

흘레스타코프　연어니 생선이니 커틀릿도?

하인　그래요. 그런 건 더 높으신 분들께 드리는 겁니다.

흘레스타코프　아니, 너 바보 아냐?

하인　맞아요.

흘레스타코프　이 더러운 돼지 새끼가……! 왜 그놈들은 먹는데 난 못 먹어! 제기랄, 도대체 어째서 내가 그놈들처럼 먹을 수 없단 거야? 사실 그놈들이나 나나 지나가는 손님이긴 마찬가지 아닌가?

하인　당연히 마찬가지가 아니죠.

흘레스타코프　대체 어떤 놈들이길래?

하인　어떻긴요, 평범하죠! 그분들은 돈을 내십니다.

흘레스타코프　이 바보 같은 녀석. 네놈과 더 따지고 싶지 않다. (수프를 떠서 먹는다.) 이게 무슨 수프야? 그냥 맹물을 컵에다 떠 왔군. 아무 맛도 없잖아, 이상한 냄새만 나네. 이따위 수프는 필요 없어. 가서 딴 것으로 가져와.

하인   그럼 가져가지요. 먹기 싫으면 그만두라고 주인이 말씀하셨습니다.

흘레스타코프   (손으로 음식을 감싸며) 좋아, 좋아, 좋아…… 그냥 놔둬, 이 바보 같은 놈! 너! 그따위 말버릇으로 딴 사람들을 대하는지 모르지만, 난 그런 사람들 하고 달라! 내겐 그따위 말버릇은 안 쓰는 게 좋 아……. (먹는다.) 무슨 수프가 이래! (계속해서 먹 는다.) 이런 수프를 먹어 본 사람은 아마 이 세상 에 아무도 없을 거다. 버터 대신 깃털 같은 것이 둥둥 떠 있는걸. (닭고기를 자른다.) 이런, 이런, 무 슨 닭고기가 이래! 거기 쇠고기 줘 봐! 여기 수프 가 아직 조금 남았군. 오시프! 이건 자네가 먹게. (고기를 자른다.) 무슨 고기가 이래? 이건 쇠고기 가 아니야.

하인   그럼 뭔데요?

흘레스타코프   뭔지 알 게 뭐야, 다만 쇠고기가 아닌 건 분명해. 이건 쇠고기가 아니라 도끼 자루를 구워 놓은 것 같다고. (먹는다.) 사기꾼! 이 불한당! 이런 걸 먹 으라고 주는 거야! 이런 걸 한 점이라도 씹는 날 엔 턱이 날아가겠다. (손가락으로 이를 쑤신다.) 비 열한 놈! 이건 완전히 나무껍질이네. 잇새에 박혀

서 도무지 뽑아지지도 않아. 이런 걸 계속 먹다간 이빨까지 새까맣게 될 거야. 악당 놈들! (냅킨으로 입을 닦는다.) 이젠 더 없나?

하인 없습니다.

흘레스타코프 이 날도둑놈들아! 비열한 놈들아! 소스나 파이쯤 은 있어야지. 건달 녀석들! 그저 손님들을 벗겨 먹으려고만 들다니.

하인은 오시프와 함께 치우고 접시를 가지고 나간다.

7장

흘레스타코프, 다음에 오시프가 등장한다.

흘레스타코프 정말 먹은 것 같지도 않아. 입맛만 버렸어. 잔돈이 라도 좀 있으면 시장에 가서 흰 빵이라도 사 오라 고 할 텐데.

오시프 (들어오면서) 무슨 일인지 밖에 시장이 와서 나리 에 대한 걸 꼬치꼬치 캐묻고 있네요.

흘레스타코프 (깜짝 놀라) 뭐라고! 아이고 이게 웬 날벼락이야! 빌어먹을 주인 자식. 그새 벌써 고발해 버렸군! 정말로 감옥에 보내면 어쩌지? 뭐 어쩔라고? 만 일 점잖게 나간다면, 그자도 아마…… 아냐, 아니야, 그러고 싶진 않아! 시내엔 장교들과 사람들이 돌아다니잖아. 공교롭게도 으스대면서 장사꾼 딸한테 눈짓을 보냈으니 말이야…… 안 돼, 안 돼…… 그런데 그자가 왜 왔지? 그자가 뭔데, 감히 어떻게? 내가 어때서, 내가 뭐 장사꾼이나 직공 따위인 줄 아나? (용기를 내고 몸을 바로잡는다.) 그자에게 이렇게 말해야겠어. "당신이 뭔데 감히, 어떻게 당신이 ……." (방문의 손잡이가 돌아간다. 흘레스타코프는 파랗게 질려 움츠러든다.)

8장
(흘레스타코프, 시장, 도브친스키)

시장이 방에 들어와 선다. 두 사람은 놀란 듯이 잠시 동안 눈이 휘둥그레져 서로 바라본다.

시장 (어느 정도 정신을 차리고 똑바로 부동자세를 취하고 서) 안녕하시지요!

흘레스타코프 (머리를 숙이면서) 안녕하세요…….

시장 실례합니다.

흘레스타코프 괜찮습니다…….

시장 저는 이 도시의 책임자인 시장입니다. 여행객들과 귀하신 분들에게 불편한 점이 뭐 없나 하고 살펴는 게 제 의무라서……

홀레스타코프 (처음에는 얼마 동안 더듬거리더니 말 끝머리에 가서
는 큰 소리로 말한다.) 그래요, 저, 어떻게 해야 할까
요……? 제가 잘못한 것이 아닌데…… 정말로 돈
을 낼 겁니다…… 시골에서 곧 돈을 부칠 겁니다.

지주 보브친스키가 문에서 들여다본다.

홀레스타코프 주인이 더 나빠요! 마치 통나무처럼 단단해서 씹
기도 힘든 쇠고기를 내놓질 않나, 수프는 무엇을
넣었는지도 알 수 없을 정도로 형편없어요. 난 별
수 없이 그걸 창문 밖으로 내던졌다고요. 그자는
나를 날마다 기아에 허덕이게 하고 있어요……
또 차는 어떤 줄 알아요? 비릿한 생선 냄새가 나
서 도무지 마실 수가 없어요. 도대체 뭣 땜에 내
가…… 어이가 없어서!

시장 (겁내면서) 죄송합니다. 하지만 제가 잘못한 건 아
닙니다. 저희 지방의 시장에는 언제나 좋은 쇠고
기가 있습니다. 홀모고르의 장사꾼들이 가져오는
데, 모두 정직한 사람들이어서 부정한 짓을 할 리
없습니다. 도대체 어디서 그런 쇠고기를 가져왔는
지 모르겠습니다. 혹 불편하시다면 저와 함께 다
른 집으로 옮기시는 게 어떠신지요?

홀레스타코프 아니! 관두겠어요! 다른 집이라는 게 무슨 말씀인

지 않습니다. 감옥 말씀이지요! 그런데 당신에게 무
슨 권리가 있지요? 어떻게 당신이 나를 감히⋯⋯?
나로 말하자면⋯⋯ 페테르부르크에서 근무하고
있소. (용기를 낸다.) 나는, 나는, 나는⋯⋯.

시장 　(방백) 아니 이런, 어지간히 화가 나 있군! 모두 다
알고 있는 모양이야. 그 빌어먹을 장사꾼 녀석들
이 벌써 지껄여 댄 거로군!

흘레스타코프 (으스댄다.) 그래요, 당신이 부하들을 모두 이리로
데려온다 해도 난 가지 않겠어요! 내가 직접 장관
한테 가겠습니다! (주먹으로 테이블을 친다.) 당신
이 뭐요? 당신이 뭐냔 말이오?

시장 　(자세를 바로잡고 온몸을 떨면서) 용서하십시오, 살
려 주세요! 저에겐 아내와 어린 자식들이 있습니
다⋯⋯ 불행한 인간으로 만들지 말아 주십쇼.

흘레스타코프 아니, 안 돼요! 설마, 세상에 이런 법이 어디 있어!
내가 도대체 뭘 어쨌다는 겁니까? 당신에게 처자
식이 있다고 해서 내가 감옥에 가야 한다고? 그
것 잘됐네!

지주 보브친스키가 문틈으로 들여다보고 있다가 놀라서 숨어 버
린다.

흘레스타코프 아니, 무척 고마운 말씀이긴 하지만 사양하겠어요.
시장 　(벌벌 떨면서) 경험이 없어서, 정말로 경험이 없어

섭니다. 사실은…… 살림이 넉넉하지 못해서……
제발 관대하게 생각해 주십시오. 정부에서 주는
봉급으론 차와 설탕값도 모자랍니다. 제가 설사
어떤 뇌물을 받았다 해도 지극히 하찮은 것들뿐
입니다. 기껏해야 식탁에 올라갈 것 아니면 옷 한
벌 정도입니다. 그리고 제가 장사하는 하사관의
미망인을 채찍으로 때린 것처럼 말하는 사람들
이 있는데, 그건 중상모략입니다. 정말로 그건 제
목숨까지도 노리고 있는 놈들의 모함입니다.

흘레스타코프 그래서 뭘 어쩌겠다는 거요? 난 그런 자들에게
하나도 볼일이 없어요. (생각에 잠긴다.) 그런데 난
지금 당신이 왜, 헐뜯는 사람들이 어떻고 하사관
의 미망인이 어떻고 하는 말씀을 하시는 건지 모
르겠군요…… 하사관의 미망인은 전혀 다른 문
제죠. 당신은 감히 나를 때리지 못할 겁니다. 어림
도 없습니다…… 설마 그런 일이! 당신 주제를 파
악하시오……! 내요, 돈 낸다니까! 하지만 지금
당장은 없어요. 한 푼도 없어요. 그래서 지금 여기
이렇게 주저앉아 있는 겁니다.

시장 (방백) 오, 재치 있는 농담이네! 별 수작 다 걸려고
들어! 뭐가 뭔지 모를 알쏭달쏭한 소리만 하는데!
생각 있는 사람이면 누구든지 이 수수께끼를 한
번 풀어 보실까? 어디부터 손을 대야 할지 통 알
수가 없군. 어쨌든 한번 해 보는 수밖에! 될 대로

되라지! 어쨌든 닥치는 대로 한번 해 보는 거야. (소리를 내서) 만일 돈이라든가 그 밖에 무엇이라도 필요한 것이 있으시다면 당장에라도 해결해 드릴 수 있습니다. 여행자를 돕는 게 제 의무죠.

흘레스타코프 그…… 그렇다면 돈 좀 빌려주시오! 당장 주인과 계산을 마치겠어요. 한 200루블만 있으면 되겠죠. 아니, 뭐 더 적더라도 괜찮아요.

시장 (지폐를 내밀면서) 꼭 200루블입니다. 세실 필요도 없습니다.

흘레스타코프 (돈을 받으면서) 정말 고맙습니다. 시골에 가서 당장 부쳐 드리겠습니다…… 워낙 갑작스러운 일이어서…… 아무튼 좋은 분이시군요. 이러면 문제가 달라지죠.

시장 (방백) 그래 참 다행이다! 돈을 받았어. 이제는 일이 순조롭게 잘 해결될 것 같군. 200루블 대신 400루블을 쥐여 줬거든.

흘레스타코프 어이, 오시프! (오시프 등장한다.) 하인을 부르게! (시장과 도브친스키에게로 돌아서서) 그런데 왜 그렇게들 서 계세요? 자, 어서 편하게 앉으시죠. (도브친스키에게) 제발 부탁입니다. 앉으십시오.

시장 괜찮습니다. 우리는 그냥 이렇게 서 있겠습니다.

흘레스타코프 그러지 마시고 좀 앉으세요. 이제야 당신 성격이 솔직하고 친절하다는 걸 알겠습니다. 그런데 솔직히 말해서 처음엔 이렇게도 생각했죠. 당신이 오신

건 말하자면 나를……. (도브친스키에게) 앉으세요.

시장과 지주 도브친스키가 앉는다. 지주 보브친스키는 문틈으로 들여다보며 귀를 기울인다.

시장　(방백) 이거 더 과감하게 나가야겠는걸. 끝까지 먼저 자기의 정체를 드러내지 않으려고 하니 말이야. 좋아, 그렇다면 나도 좀 시시한 이야기로 맞장구쳐 볼까? 이자가 어떤 인간인지 전혀 모르는 척 시치미를 딱 떼자. (소리를 내서) 저는 여기 계시는 이 지방의 지주 표트르 이바노비치 도브친스키와 함께 직무상의 일로 돌아다니다가, 여행객들을 돕는 것 또한 제 임무라서 이렇게 여관에 들렀습니다. 전 일에 무관심한 다른 시장들과는 다르죠. 아니 저는, 제 의무가 아니더라도 그리스도교의 인류애를 따라 모든 죽어 가는 것들에게 연민 어린 대접을 하고 싶습니다…… 그 덕분에 그랬는지 마치 상이라도 타듯이 이렇게 유쾌한 인사를 나누게 되었습니다.

흘레스타코프　나 역시 무척 기쁩니다. 솔직히 말해 당신이 아니었으면 여기에 오랫동안 묵어야 했을 겁니다. 어떻게 돈을 지불해야 할지 난감했거든요.

시장　(방백) 말하는 것 좀 봐. 뭐, 어떻게 돈을 치러야 할지 난감했다고? (소리를 내서) 저, 실례지만 어디로,

어떤 곳으로 가시는 길인지 여쭤봐도 좋을까요?

흘레스타코프 사라토프에 있는 내 영지에 가려고 합니다.

시장 (방백, 아이러니한 표현을 받아들이는 표정으로) 사라
토프에! 이것 보게! 얼굴빛 하나 붉히지 않는군!
오, 어지간히 조심하지 않으면 안 되겠는걸. (소리
를 내서) 그것 참 좋은 생각이십니다. 사실 도중에
갈아탈 말을 기다릴 걸 생각하면 불쾌하기도 하
지만, 한편으론 두뇌에 좋은 휴식이 될 겁니다. 물
론 나리는 개인적인 취미로 여행하시는 거겠죠?

흘레스타코프 아닙니다. 아버님께서 오라고 하셔서요. 여태껏
페테르부르크에 있으면서 관등이 전혀 오르지 않
으니까 영감님께서 화가 나신 거지요. 아버님께
선 거기에 가기만 하면 금방 블라디미르 훈장[21]
이 단춧구멍에 채워지는 걸로 생각하고 계시거든
요. 하지만 사실 그렇지가 않죠. 차라리 아버님께
서 직접 관청 근무를 한번 해 보셨으면 싶어요.

시장 (방백) 아니, 허풍을 쳐도 이만저만이 아니구나!
늙은 아버지까지 다 끌어들이는군! (소리를 내서)
그럼 꽤 오래 걸리시겠네요?

흘레스타코프 사실 잘 모르겠습니다. 아버지는 완고하고 어리석
은 데다가 통나무같이 융통성도 없는 노인이어서

---

21) 1782년 예카테리나 2세가 제정한 블라디미르 훈장에는 3급과 4급이 있
으며, 단춧구멍에 단다.

말이에요. 나는 아버님께 "마음대로 하세요. 전 페테르부르크가 아니곤 살아갈 수 없습니다." 하고 똑바로 말하려고요. 사실 내가 뭣 때문에 농부들과 함께 인생을 망쳐야 하는 겁니까? 지금은 세상의 요구가 전혀 다르잖아요. 내 마음은 확실히 문명을 원합니다.

시장   (방백) 잘도 둘러대는군! 거짓말로 일관하면서도 좀처럼 꺾이지 않는단 말이야! 정말로 볼품없고 하찮게 생겨서 손톱으로 짓이겨 버리고 싶은데 말이야. 그래, 어디 좀 더 두고 보자. 나에게 무심코 지껄이게 될 것이다. 네가 모두 다 털어놓게 만들 테다! (소리를 내서) 정말 그렇습니다. 시골 벽지에서 무슨 일을 할 수 있겠습니까? 이 지방에서도 그래요. 밤잠도 제대로 못 자고 나라를 위해 아낌없이 노력해도, 언제쯤 되어야 포상을 받게 될지조차도 알 수 없지요. (방 안을 이리저리 둘러본다.) 그런데 이 방은 조금 축축한 것 같군요?

흘레스타코프   더러운 방이에요. 빈대도 있고요. 그런 빈대는 어디서도 본 적이 없어요. 마치 개가 물어뜯는 것 같다니까요.

시장   저런! 아니, 그래 손님처럼 교육을 받으신 분께서 이 세상에 태어날 필요도 없는 쓸데없는 빈대들 때문에 그런 고생을 다 하십니까? 그리고 이 방은 아무래도 조금 어두운 것 같네요?

흘레스타코프 그래요, 아주 어두워요. 주인 녀석이 촛불을 주지 않는 것도 예사지요. 이따금 뭣 좀 하고 싶어도, 그러니까 책을 읽고 싶어도, 혹은 뭔가 창작을 좀 하고 싶어도 아무것도 할 수가 없지요. 어두워서, 어두워서 말이에요.

시장 감히 이런 말씀을 드리긴 대단히 죄송합니다만…… 아니, 사실 저는 그럴 자격이 없군요.

흘레스타코프 뭔데요?

시장 아니에요, 아닙니다, 그럴 자격이 없습니다.

흘레스타코프 도대체 뭔데요?

시장 그럼 망설이지 않고 말씀드리겠습니다…… 실은 제 집에 아담한 방이 하나 있는데 밝고 조용하고…… 하지만 그것은 제게 너무나 과분한 영광이라고 생각합니다…… 화내지 마십시오. 정말 사심 없이 말씀드린 겁니다.

흘레스타코프 천만에요, 대단히 만족합니다. 이따위 여관보다는 개인 집이 훨씬 좋지요.

시장 정말로 기쁩니다! 제 아내도 매우 기뻐할 겁니다. 저는 그런 성격이지요. 아주 어렸을 적부터 손님 접대를 좋아했어요. 특히 손님이 유식하고 훌륭한 분일 경우엔 말할 것도 없고요. 아부라고 생각지 마십시오. 아니, 저는 아부를 할 줄 모릅니다. 너무 감격한 나머지 이렇게 말씀드리는 거지요.

흘레스타코프 참으로 감사합니다. 저 역시, 겉 다르고 속 다른 인간을 좋아하지 않습니다. 당신의 그 솔직하고 친절한 점이 무척 마음에 드는군요. 저도 그 뭐랄까…… 남에게서 그 이상의 아무것도 바라지 않습니다. 그저 존경과 충성을 보여 주기만 하면 족하지요.

9장
(앞 장의 사람들)

오시프가 여관집 하인을 데리고 온다. 보브친스키가 방문으로 들여다본다.

하인 부르셨습니까?

흘레스타코프 그래, 계산서를 가져오게.

하인 이미 아까 두 번째 계산서를 드렸는데요.

흘레스타코프 그따위 엉터리 계산서 따윈 기억에 없어. 계산할 돈이 얼만지나 말해.

하인 첫날은 점심을 시키셨고, 다음 날엔 연어만 잡수셨고, 그다음부터는 모든 게 외상으로 되어 있으니.

흘레스타코프 이 맹추야! 또 일일이 계산하기 시작하는 것 좀 봐. 모두 얼마냔 말이야?

시장 뭐 걱정하지 마시고 그냥 놔두십시오. (하인에게) 저리 가, 돈은 나중에 보내 줄 테니까.

흘레스타코프 맞는 말씀이네요. 그게 좋겠어요. (돈을 집어넣는다.)

하인 퇴장. 문으로 지주 보브친스키가 들여다본다.

10장
(시장, 흘레스타코프, 도브친스키)

시장 어떡하시겠습니까, 지금 저희 도시의 자선 병원과
그 밖의 몇몇 시설을 시찰하지 않으시렵니까?

흘레스타코프 거기 뭐가 있는데요?

시장 그럼, 한번 둘러보시죠. 일이 어떻게 돼 가는
지…… 질서가 어떠한지…….

흘레스타코프 아주 좋아요, 그렇게 하지요.

지주 보브친스키가 문으로 고개를 내민다.

시장 그리고 또 괜찮으시다면, 거기서 시립 학교로 가
서 저희 지방 교육이 어떻게 행해지고 있는지도
한번 살펴보시죠.

흘레스타코프 그럽시다, 거 아주 좋은 생각이오.

시장 그다음에 원하신다면 감옥에도 방문하셔서 죄수
들이 어떤 대우를 받고 있는지도 살펴주시죠.

흘레스타코프 그런데 감옥은 왜요? 그보다는 차라리 자선 병원

을 살펴보는 게 더 좋을 것 같군요.

시장 좋을 대로 하시죠. 어떻게 할까요, 선생님의 마차로 가시겠습니까, 아니면 제 마차로 함께 가시겠습니까?

흘레스타코프 그래요. 당신 마차로 함께 가는 게 좋겠습니다.

시장 (도브친스키에게) 자, 표트르 이바노비치! 이런 경우 자네 자리는 없네.

도브친스키 괜찮습니다, 저야 뭐.

시장 (조용한 목소리로 도브친스키에게) 자네 말이야, 얼른 달려 나가 편지 두 통을 꼭 좀 전해 주게. 한 통은 자선 병원의 제믈랴니카 병원장에게, 또 한 통은 집사람에게 말이야. (흘레스타코프에게) 귀빈을 맞을 준비를 하도록 집사람에게 한 줄만 좀 적어도 괜찮겠습니까?

흘레스타코프 왜 그런 일을……? 하여간 잉크가 여기 있긴 한데, 종이가…… 어쩌지……? 이 계산서는 어떻습니까?

시장 거기다 적겠습니다. (글을 쓰면서 동시에 혼잣말로) 어디 두고 보자. 식사와 큰 술병을 내놓은 뒤에는 어떻게 되나! 그렇지, 마침 우리 집에 이 지방의 붉은 포도주가 있지. 겉으로 보기에는 그저 그렇지만 코끼리도 취하지 않고는 못 배기지. 이자가 어떤 인간인지, 또 얼마만큼 경계해야 할 존재인지만 알면 되니까. (다 쓰고 나서 도브친스키에게 건

72

넨다. 도브친스키가 문으로 다가간다. 이때 문이 떨어지고 문 뒤에서 엿듣고 있던 보브친스키가 문과 함께 무대로 나동그라진다. 일동, 놀라 외마디 소리를 지른다. 보브친스키 일어선다.)

흘레스타코프 무슨 일이오? 어디 다치진 않았습니까?

보브친스키 괜찮습니다, 아무렇지도 않습니다. 걱정하실 거 없습니다. 그저 콧등이 조금 부어올랐을 뿐입니다! 흐리스티안 이바노비치에게 달려가겠습니다. 그 사람이 좋은 고약을 갖고 있으니까, 이런 것은 곧 낫습니다.

시장 (보브친스키에게 책망하는 시늉을 하면서 흘레스타코프에게) 괜찮습니다. 자, 그럼 가실까요? 하인에게 트렁크를 가져오도록 하겠습니다. (오시프에게) 자네 말이야, 짐을 모두 내 집으로 나르게. 시장 집이라고 하면 누구든지 가르쳐 줄 거야. 자, 가시지요? (흘레스타코프를 앞장서게 하고 그 뒤를 따른다. 그러나 돌아서서 보브친스키에게 비난하듯이 말한다.) 자네도 원! 그렇게도 넘어질 데가 없던가! 하필 여기서 그렇게 나동그라지다니 그게 대체 무슨 꼴이야? (퇴장. 그 뒤를 보브친스키가 따른다.)

막이 내린다.

3막

1막과 같은 방.

1장

안나 안드레예브나와 마리야 안토노브나가 전과 똑같은 자세로 창가에 서 있다.

안나 안드레예브나 거봐, 난 벌써 꼬박 한 시간이나 기다리고 있는데 넌 바보같이 계속해서 몸단장만 하고 있잖니! 몸치장이 다 끝났나 싶으면, 또 꾸물대고 있으니…… 이제 두 번 다시 네 말을 듣나 봐라. 속상해 죽겠네! 또 일부러 그러는 것처럼 사람 하나

없군! 모두 죽어 버린 것 같네.

마리야 안토노브나 하지만 엄마! 이제 정말로 한 이 분만 있으면 모두 알게 될 거예요. 이제 곧 압도티야가 꼭 올 거예요. (창문으로 내다보고 소리를 지른다) 아, 엄마, 엄마! 저기 저 길 끝에 누가 오고 있어요.

안나 안드레예브나 어디 오는데? 넌 항상 환상 속에 빠져 있어. 어! 그래 맞다, 온다. 도대체 누구지? 키가 작고…… 프록코트를 입고…… 누굴까, 저게? 아, 속상해! 누가 저렇게 생겼더라?

마리야 안토노브나 엄마, 맞아요, 도브친스키예요.

안나 안드레예브나 뭐가 도브친스키야? 넌 항상 그런 상상만 하는구나! 절대로 도브친스키는 아냐. (손수건을 흔든다.) 이거 보세요, 이리 오세요! 빨리!

마리야 안토노브나 정말이에요, 엄마. 도브친스키예요.

안나 안드레예브나 애 봐라. 일부러 다투려고만 하니? 도브친스키는 아니라고 말했잖니.

마리야 안토노브나 뭐라고요? 뭐라고 그러셨어요, 엄마? 보세요, 도브친스키잖아요.

안나 안드레예브나 음, 그래…… 도브친스키구나! 이제 보인다. 그런데 넌 뭣 때문에 늘 말싸움을 하려 드는 거니? (창문으로 외친다.) 빨리, 빨리요! 어지간히 느리군요. 아니, 그분들은 어디 있어요? 네? 거기서 말씀하세요, 마찬가지니까. 어때요? 엄한 분인가요? 네? 제 남편은요? (창문에서 약간 떨어져서 짜

증스러운 목소리로) 저런 얼간이 좀 봐. 방 안에 들어오기 전에 한마디 좀 하면 안 되나!

2장

(앞 장의 사람들과 도브친스키)

안나 안드레예브나 자, 어디 말 좀 해 보세요. 그래, 부끄럽지도 않으세요? 난 당신 한 분만큼은 점잖으신 분으로 믿어 왔어요. 그런데 모두들 갑자기 달려가니까 당신까지 그분들을 뒤따라갔다죠! 그래서 지금까지 나한테 알려 주는 사람이 아무도 없잖아요. 부끄럽지도 않으세요? 난 당신네 바네치카와 리잔카의 대모까지 돼 주었어요. 그런데도 당신이 나한테 이렇게 할 수 있어요?

도브친스키 대모님! 하느님께 맹세코, 당신에 대한 경의를 증명하기 위해 이처럼 숨도 못 쉴 정도로 달려왔습니다. 안녕, 마리야 안토노브나!

마리야 안토노브나 표트르 이바노비치 지주님! 안녕하세요!

안나 안드레예브나 그래 뭔데요? 어서 말해 보세요, 뭐가 어떻게 됐는지.

도브친스키 안톤 안토노비치 시장님이 사모님에게 쪽지를 적어 보내셨습니다.

안나 안드레예브나 그분은 어떤 분이신가요? 장군인가요?

도브친스키 아닙니다, 장군은 아니지만 장군 못지않으십니다. 학벌도 있고, 언행이 여간 의젓하지 않습니다.

안나 안드레예브나 아! 그럼 주인 양반이 받은 편지에 적혀 있던 바로 그분이 맞아.

도브친스키 바로 그분이에요. 저하고 표트르 이바노비치가 그분을 맨 처음 발견했지요.

안나 안드레예브나 자, 일이 어떻게 됐는지 어서 자초지종을 말해 보세요.

도브친스키 네, 다행히도 모든 일이 다 순조롭게 해결되었습니다. 처음엔 그분께서 안톤 안토노비치 시장님을 대하는 태도가 약간 엄했습니다. 그래요. 그분은 단단히 화가 나 있더라고요. 여관의 모든 것이 나쁘다, 당신네 집엔 가지 않겠다, 당신 때문에 감옥에 들어앉고 싶지 않다 하시더니만, 나중에는 안톤 안토노비치 시장님이 결백하시다는 걸 알고 몇 마디 말씀을 나누더니 금방 생각을 바꾸셨습니다. 그다음부턴 다행히도 모든 일이 다 잘된 거죠. 그분들께선 지금 자선 병원을 살펴보러 가셨습니다…… 한데 솔직히 말씀드리자면 안톤 안토노비치 시장님께선 행여 누가 밀고라도 한 게 아닌가 하고 걱정했습니다. 저도 역시 약간 떨었고요.

안나 안드레예브나 당신이 두려워할 게 뭐가 있어요? 당신은 관리가 아니잖아요.

도브친스키 그렇기는 해도 신분이 높은 분께서 말씀하시면 왠지 두렵죠.

안나 안드레예브나 자, 뭐…… 쓸데없는 소리는 그만하고. 그래, 어떻게 생기신 분이에요? 늙었나요, 젊은가요? 말해 줘요.

도브친스키 젊어요. 아주 젊은 사람입니다. 한 스물세 살쯤 됐을까요? 그런데 아주 나이 든 사람처럼 말해요. "그럼 거기도 가 보고, 거기에도 가 봅시다……." (두 손을 흔든다.) 정말 모두 훌륭해요. "나는 글을 쓰는 것도 읽는 것도 좋아하는데, 방이 어두워서 아무것도 할 수가 없어요."

안나 안드레예브나 머리칼은 어때요, 검은빛인가요, 아니면 금발인가요?

도브친스키 아닙니다. 갈색인 편이에요. 그리고 눈은 어찌나 짐승처럼 날카로운지 바라보기만 해도 아주 가슴이 두근거릴 정도예요.

안나 안드레예브나 여기 이 편지엔 뭐라고 쓴 거지? (읽는다.) "여보, 당신에게 서둘러 알려 주는 거요. 내 처지가 아주 곤란했지만 하느님의 자비로, 특히 오이지 두 개, 연어 알 반 접시와 1루블 25코페이카[22]……." (읽기를 멈춘다.) 무슨 말인지 하나도 모르겠네. 도대체 어쩌겠다고 여기에 오이지니 연어 알을 썼을까?

---

22) 러시아의 화폐 단위로, 1루블은 100코페이카다.

도브친스키   아, 그건 안톤 안토노비치 시장님이 다른 걸 쓴 종이에다가 다시 바삐 쓰신 겁니다. 거기엔 무슨 계산이 적혀 있었습니다.

안나 안드레예브나   아, 정말 그렇군요. (읽기를 계속한다.) "하느님의 자비로 모든 일이 잘될 것 같소. 귀빈을 모실 방으로, 노란 벽지로 도배된 방을 준비해 놓으세요. 점심은 자선 병원 원장 아르테미 필립포비치와 하겠으니 염려할 필요 없소. 술은 좀 많이 준비하시오. 장사꾼 압둘린에게 말해서 최상품을 가져오도록 하고, 만일 말을 듣지 않으면 내가 그 자의 술 창고를 모두 뒤질 거라고 전해 주시오. 여보, 당신의 펜에 입을 맞추면서 이만 줄이오. 안톤 스크보즈니크-드무하놉스키……." 아, 이거 큰일 났네! 어서 서둘러야겠다! 이봐, 거기 누구 없어? 미시카!

도브친스키   (문으로 뛰어가면서 외친다.) 미시카! 미시카! 미시카!

미시카가 들어온다.

안나 안드레예브나   이봐, 장사꾼 압둘린한테 당장 달려가…… 잠깐만, 쪽지를 적어 줄 테니까. (책상머리에 앉아 쪽지를 쓰면서 말한다.) 이 쪽지를 마부 시도르에게 전해 주고, 이걸 갖고 장사꾼 압둘린에게 얼른 달려가서 술을 가져오라고 해. 그리고 갔다 와선 이

방을 깨끗이 잘 치워. 손님이 오실 거니까. 침대랑 세숫대야랑 다른 것들은 저쪽에 갖다 놓고.

도브친스키 그럼, 안나 안드레예브나 사모님! 이제 저는 빨리 달려가서 그분이 어떻게 시찰을 하시는지 지켜보겠습니다.

안나 안드레예브나 붙잡지 않을 테니 얼른 가 보세요, 얼른요!

3장

(안나 안드레예브나와 마리야 안토노브나)

안나 안드레예브나 마리야! 자, 이제 화장을 해야지. 그분은 수도에 산다는구나. 제발 비웃음을 사지 말아야 할 텐데. 넌 잔주름이 들어간 하늘색 옷이 가장 잘 어울린다.

마리야 안토노브나 피! 엄마, 하늘색 원피스! 맘에 안 들어요. 랴프킨탸프킨 판사의 사모님도 하늘색 옷을 입고 다니고, 병원장 제믈랴니카의 딸도 하늘색 옷을 입고 있는걸요. 차라리 꽃무늬가 있는 옷을 입는 게 낫겠어요.

안나 안드레예브나 꽃무늬……! 넌 정말로 번번이 말대꾸만 하는구나. 너한텐 하늘색이 훨씬 잘 어울려. 난 크림색을 입어야겠어. 난 크림색이 너무 좋아.

마리야 안토노브나 아이, 엄마! 엄마한텐 크림색이 안 어울려요!

안나 안드레예브나 크림색이 내게 안 어울린다고?

마리야 안토노브나 그래요. 내가 장담하는데 정말 안 어울려요. 크림색은 눈이 새까만 사람한테나 어울리죠.

안나 안드레예브나 그럼 내 눈이 검지 않다는 거니? 얼마나 새까 만데. 새까맣지 않긴 왜 새까맣지 않아? 무슨 그 런 말도 안 되는 소리를 하니? 난 트럼프 점을 칠 때도 언제나 클로버의 여왕으로 점친다고!

마리야 안토노브나 아, 엄마! 엄마는 하트의 여왕이 훨씬 더 잘 어울려요.

안나 안드레예브나 쓸데없는 소리, 무슨 그런 말도 안 되는 소리 를 하니! 난 한 번도 하트의 여왕이었던 적이 없 어. (마리야 안토노브나와 함께 서둘러 퇴장하고, 무 대 뒤에서 말한다.) 별안간 그런 생각은 왜 또 할 까! 하트의 여왕이라니! 무슨 소린지!

두 사람이 나간 후에 문이 열리고, 시장의 하인 미시카가 쓰레기 를 들어낸다. 다른 문으로 오시프가 트렁크를 머리에 이고 들어온다.

4장

(미시카와 오시프)

오시프   어디로 가는 거지?

미시카   아저씨, 이리 들어오세요, 이리로!

오시프   잠깐만, 우선 좀 쉬어야겠어. 아니, 이게 무슨 고
        생이야! 배가 고프니까 뭘 들어도 무겁네.

미시카   아저씨, 장군님은 곧 오시나요?

오시프   무슨 장군?

미시카   아저씨 주인 나리 말이에요.

오시프   주인 나리? 그가 무슨 장군이야?

미시카   그러면 장군이 아닌가요?

오시프   장군? 흠, 맞긴 하지만 조금 다른 장군이지.

미시카   그럼 뭐예요, 진짜 장군보다 더 좋은 거예요, 못
        한 거예요?

오시프   그야 좋은 거지.

미시카   그렇구나! 그래서 우리 집이 발칵 뒤집힌 것처럼
        야단이구나.

오시프   이봐, 젊은이! 자네는 눈치가 재빠른 하인 같은
        데, 뭐 먹을 것 좀 챙겨 주지 그래?

미시카   하지만 아저씨 것은 아직 아무것도 준비 안 됐는
        데요. 보통 흔한 음식 따윈 먹지 않을 거 아니에
        요. 아저씨 주인 나리가 테이블에 앉으면 아저씨
        한테도 같은 음식이 나올 거예요.

오시프   아니, 보통 흔한 음식이라니 도대체 뭔데?

미시카   양배추 수프, 죽, 그리고 파이요.

오시프   우선 그거라도 좀 주게나. 양배추 수프에다 죽하
        고 파이 말이야! 괜찮아, 아무거나 먹겠어. 그럼,
        우선 트렁크부터 나르자꾸나! 뭐야, 여기 또 출구

가 있어?

미시카 네, 있어요.

두 사람이 옆방으로 트렁크를 나른다.

5장

경찰들이 양쪽으로 문을 연다. 흘레스타코프가 앞장을 서고 그 뒤로 시장, 조금 떨어져서 자선 병원 원장, 교육감, 도브친스키, 콧등에 고약을 바른 보브친스키가 들어온다. 시장이 경찰들에게 마룻바닥에 흩어져 있는 종잇조각을 가리키자 그들은 서로 부딪치면서 달려가 그것을 줍는다.

흘레스타코프 훌륭한 시설이에요. 여행자에게 도시의 모든 걸 보여 주는 것이 아주 마음에 듭니다. 다른 도시에서는 내게 아무것도 보여 주지 않았거든요.

시장 말씀드리기 민망합니다만, 다른 도시에선 시장이나 관리들이 자기 실속 챙기기에 더 바쁘지요. 그러나 저희는 항상 방심하지 않고 질서를 유지해서 정부의 주목을 끌겠다는 생각 이외의 다른 생각은 조금도 하지 않는다고 자신 있게 말씀드릴 수 있습니다.

흘레스타코프 점심은 대단히 훌륭했어요. 난 너무 과식한 것 같아요. 여기선 날마다 그런가요?

시장 아닙니다. 귀하신 손님을 위해서 특별히 상을 차린 겁니다.

홀레스타코프 나는 식도락가요. 사실 인간이란 만족의 꽃을 꺾기 위해서 살고 있는 것 아니겠소. 그 생선 이름이 뭐라고 했지요?

아르테미 필립포비치 (달려오면서) 간대구라고 합니다.

홀레스타코프 참 맛이 좋더군요. 우리가 어디서 점심을 먹었지요? 병원에서였죠, 그렇죠?

아르테미 필립포비치 맞습니다, 자선 병원에섭니다.

홀레스타코프 그래요, 그래요, 침대가 있었어요. 그런데 환자들은 다 완쾌됐습니까? 환자들이 적은 것 같던데.

아르테미 필립포비치 이제 한 열 명쯤 남았습니다. 다른 사람들은 모두 완쾌됐지요. 저희는 이런 게 통례로 되어 있습니다. 믿기 힘드실지 모르지만, 제가 감독관이 되고 나서부턴 모두들 금세 잘 낫고 있어요. 환자들은 입원하기가 무섭게 이내 건강해집니다. 그건 의약의 힘이라기보다는 성실과 질서의 힘이라 할 수 있습니다.

시장 죄송한 말씀입니다만 시장의 직무란 게 여간 골치 아픈 게 아닙니다! 청결, 수리, 개량 등을 위한 각종 사업이 얼마나 많은지 모릅니다…… 한마디로 말씀드리면 아무리 현명한 인물이라도 금방 나가떨어질 정도랍니다. 그러나 다행히도 모든 일이 다 순조롭게 진행되고 있습니다. 물론 다른 시장들은 자기의 이익에만 급급하지만요. 믿으실지 모르지만 저는 잠자리에 들어서까지도 줄곧 '아, 하느님, 정부가 제 열성을 보고 만족할 수 있으려면 어떻게 해야 합니까……?' 하고 생각합니다. 정부가 포상해 줄지 어떨지는 물론 정부의 생각에 달려 있는 거지만, 아무튼 제 마음은 편안합니다. 시중의 모든 일에 질서가 잡혀 있고, 길은 잘 청소가 되어 있고, 죄수들도 잘 다루어져 있고, 주정뱅이도 적다면…… 그렇다면 그 이상 무엇을 더 바라겠습니까? 그렇다고 제 명예를 바라지도 않습니다. 물론 그건 유혹적인 것이지만, 선행 앞에서는 모두가 티끌이고 허무한 것 아닙니까.

아르테미 필립포비치 (방백) 저런, 잘도 꾸며 댄다! 별 재간이 다 있군그래!

흘레스타코프 그건 옳은 말이오. 실은 나도 종종 창작하기를 좋아해요. 어떤 때는 산문을 쓰고, 또 어떤 때는 시가 튀어나오기도 하죠.

보브친스키 (도브친스키에게) 옳아, 모두가 옳아, 표트르 이바노비치! 저렇게 한마디 하시는 말만 보더라도 학문이 깊으신 걸 알겠어.

흘레스타코프 그런데 말이에요. 이 도시엔 뭔가 놀이 같은 것, 예를 들면 그…… 카드놀이를 할 수 있는 모임 같은 건 없습니까?

시장   (방백) 홍, 이 친구야, 뭘 노리는지 다 알아! (소리를 내서) 천만에요! 여기선 그런 모임이 있다는 소문조차 없습니다. 저 역시 아직까지 한번도 카드를 손에 잡아본 적이 없습니다. 전 카드놀이를 어떻게 하는지도 모르는걸요. 그런 걸 아무렇지 않게 구경하는 것조차도 못합니다. 그리고 어쩌다가 다이아몬드 킹이라든가 뭔가 그 비슷한 것을 우연히 보게 되면 정말로, 아니, 정말로 침을 뱉어 주고 싶을 만큼의 혐오를 느낍니다. 언젠가 한번은 이런 일이 있었죠. 아이들을 즐겁게 해 주느라고 카드로 조그만 집을 만들어 준 적이 있었는데, 아니 그날 밤새 그 빌어먹을 놈의 카드 꿈을 꾸었지 뭡니까. 그런 건 정말 딱 질색이에요! 어떻게 귀중한 시간을 그런 데에 허비할 수 있겠습니까?

루카 루키치   (방백) 망할 자식, 어제 나한테 100루블을 따먹고선 말은 잘해.

시장   저는 차라리 그런 시간을 국가의 이익을 위해 쓰겠습니다.

흘레스타코프   아니, 그렇지 않죠. 시장님은 그렇게 말씀하시지만…… 그렇지만, 모든 건 어느 방향에서 보느냐에 달린 것 아니겠습니까. 한 예로 만약 돈을 세 배로 걸어야 할 때 노름을 중지한다면…… 자, 그때는 물론…… 아닙니다. 그렇게만 말씀하지 마세요. 노름도 종종 아주 재미있어요.

6장

(앞 장의 사람들. 안나 안드레예브나와 마리야 안토노브나)

시장   실례지만 제 가족을 소개하겠습니다. 아내와 딸
입니다.

흘레스타코프 (인사하면서) 부인을 뵐 수 있는 영광을 갖게 되어
정말로 행복합니다.

안나 안드레예브나   저희들이야말로 당신같이 훌륭하신 분을 뵙
게 되어 더없이 기쁩니다.

흘레스타코프 (우쭐대면서) 천만의 말씀을요, 부인! 제가 더 기
쁘지요.

안나 안드레예브나   그럴 수가 있나요! 괜히 인사로 하는 말씀이
시겠지요. 자, 좀 앉으세요.

흘레스타코프 부인 곁에 서 있는 것만으로도 벌써 행복하군요.
하지만 부인이 굳이 앉기를 바라신다면 앉겠습니
다. 부인 곁에 이렇게 앉게 되어 참으로 큰 영광입
니다.

안나 안드레예브나   무슨 말씀이세요? 너무 송구스러워서 제겐
도무지 곧이 들리질 않네요…… 수도를 떠나 여
행을 하시자면 참으로 불쾌한 점이 많겠어요.

흘레스타코프 정말 그래요. 사실 상류 생활에 길들어 있던 사람
이 갑자기 여행길에 나서면, 여관은 불결하지요,
인간들은 무지몽매하지요…… 콩프르네 부?[23] 정
말이지 만일 이런 기회가 없었다면…… 말하자면

내게……. (안나 안드레예브나의 얼굴을 바라보면서 뽐낸다.) 이처럼 모든 것을 보상해 주는 기회가 없었다면…….

안나 안드레예브나 정말 얼마나 불쾌하시겠어요.

흘레스타코프 그렇지만 부인, 지금 이 순간은 참으로 유쾌합니다.

안나 안드레예브나 그럴 리가요! 너무나 큰 영광입니다. 저는 그런 말을 들을 자격이 없어요.

흘레스타코프 도대체 어째서 들을 자격이 없단 말씀입니까? 부인께선 충분하십니다.

안나 안드레예브나 저는 시골에 살아서…….

흘레스타코프 그래요, 하지만 시골에도 아름다운 산이 있고 개천도 있습니다…… 그야 물론 페테르부르크와는 비교가 되지 않죠! 아, 페테르부르크! 정말로 훌륭한 생활입니다! 당신은 어쩌면 내가 서류나 정리하고 있을 것으로 생각하시겠죠. 사실은 그렇지가 않습니다. 장관은 나와 절친한 사이입니다. 이렇게 어깨를 툭 치고는 "여보게, 식사." 하고 말합니다. 나는 딱 이 분 동안만 사무실에 들를 뿐이에요. 그것도 "이것은 이렇다, 저것은 저렇다!" 하고 두어 마디 말하기 위해서죠. 그러면 거기엔 벌써 문서를 관리하는 자가 있어서, 늙은 생쥐 같은 녀석인데, 그자가 그저 펜으로 죽죽 써 나가기

---

23) 프랑스어 'Comprenez-vous?'는 '이해하시겠습니까?'라는 뜻이다.

만 하면 되는 거지요. 나를 뭐 성 참사관 보좌로까지 만들려고 하다가 만 적이 있었죠. 그렇습니다. 하지만 그런 것이 돼서 뭐 하겠느냐고 생각했죠. 수위란 녀석까지 솔을 들고 내 뒤를 쫓아 현관까지 달려 나와선 "이반 알렉산드로비치! 구두를 닦아 올리겠습니다." 하고 말하는 정도니까요. (시장에게) 시장, 당신은, 아니 여러분들도, 왜 서 계세요? 자, 앉으세요!

(동시에) {
시장 뭐 저희들 신분으론 아직 서 있어도 괜찮습니다.

아르테미 필립포비치 저희들은 서 있겠습니다.

루카 루키치 걱정하지 마십시오!
}

흘레스타코프 에이, 신분 따질 것 없이 앉으세요. (시장과 모든 사람이 앉는다.) 나는 예의 차리는 격식을 좋아하지 않아요. 오히려 남의 눈에 띄지 않게 살짝 빠져나가려고까지 애쓰지요. 그렇지만 도저히 숨을 수가 없어요. 도저히 불가능하죠! 어딘가로 나가기만 하면 벌써 "저기 이반 알렉산드로비치가 지나가신다!"라고 말해 대서요. 심지어 언젠가 한번은 나를 총사령관으로 잘못 안 적까지 있었죠. 군인들이 위병소에서 냅다 뛰어 나오더니 '받들어총'을 하지 뭡니까. 그러자 나중에 나와 아주 친한 장교 한 사람이 "여보게, 우리는 자네를 완전히 총사령관으로 알았다네!" 하고 말하더군요.

안나 안드레예브나 어머나, 어쩌면!

홀레스타코프 나는 예쁜 여배우들과도 잘 알고 지내지요. 그리고 온갖 보드빌[24]도 쓰고 있죠…… 문인들과도 자주 만납니다. 특히 푸시킨과는 아주 절친해요. 그에게 가끔 "여보게, 푸시킨! 그래 어때?" 하고 말을 건네면 "뭐, 그렇고 그렇지, 여전해……." 하고 대답하죠. 아주 괴짜예요.

안나 안드레예브나 그럼 글도 쓰세요? 작가는 얼마나 좋을까! 그럼 틀림없이 잡지에도 실리겠군요?

홀레스타코프 그렇습니다. 종종 잡지에도 게재합니다. 하지만 내 작품이 하도 많아서요. 「피가로의 결혼」이라든가 「악마 로베르」라든가 「노르마」라든가.[25] 이제는 이름조차도 기억하지 못할 정도입니다. 허나 그것은 모두 우연의 산물입니다. 나는 쓰고 싶지 않은데 극장 지배인이 "여보게, 제발 뭐 하나만 써 주게." 하고 애원합니다. 그럼 나는 '그렇다면 어디 한번 써 볼까?' 하고 생각하죠. 그러고선 당장 그날 하룻저녁에 완성해 내어 모든 사람을 깜짝 놀라게 하곤 합니다. 구상하는 데에 별로 힘을 들이지 않거든요. 『희망선』이고 《모스크바 전신국》이고, 브람베우스 남작의 이름으로 되어 있

---

24) 음악, 무용을 곁들인 풍자적 통속 희극을 말한다.
25) 「피가로의 결혼」은 모차르트의 오페라, 「악마 로베르」는 마이어베어의 오페라, 「노르마」는 벨리니의 오페라다.

는 건 모두…… 모두 내가 쓴 겁니다.[26]

안나 안드레예브나 그럼 당신이 바로 그 브람베우스 남작이란 말씀이세요?

흘레스타코프 그렇습니다. 난 그 작가들 모두의 논문을 고쳐 주고 있습니다. 스미르딘[27]은 그 대가로 내게 4만 루블을 주었죠.

안나 안드레예브나 그렇다면 『유리 밀로슬랍스키』[28]도 틀림없이 당신의 작품이겠네요?

흘레스타코프 그렇습니다, 그것도 내 작품입니다.

안나 안드레예브나 어머나, 저도 짐작했어요.

마리야 안토노브나 엄마! 거기엔 자고스킨 씨의 작품이라고 적혀 있던걸요.

안나 안드레예브나 저, 저것 봐. 이런 자리에서까지도 시비를 걸고 있으니.

흘레스타코프 아, 아닙니다. 따님 말이 옳습니다. 그건 확실히

---

26) 여기서 흘레스타코프는 작가, 이야기, 저널 들의 이름을 섞어서 말하고 있다. 바론 브람베우스는 상트페테르부르크에서 아라비아어와 터키어를 가르치는 교수이자 우파 저널리스트인 O.I. 센콥스키(Senkovskii, 1800~1858)의 필명이다. 『희망선(Fregat Nadezhdy)』은 낭만적 소설가이며 시인인 A.A. 베스투제프(Bestuzhev, 1797~1837)의 작품이다. 그의 필명은 데카브리스트 운동에 연루되었던 마를린스키다. 《모스크바 전신국(Moskovskii Telegraf)》은 N.A. 폴레보이(Polevoi, 1796~1846)가 편집자로 활동하는 저널이다.
27) 스미르딘은 페테르부르크의 서적 판매업자이자 유명한 출판업자.
28) 『유리 밀로슬랍스(Iurii Miloslavskii)』(1829)는 대단한 인기를 끌었던 M.N. 자고스킨(Zagoskin, 1789~1852)의 역사 소설이다.

자고스킨의 작품입니다. 그런데 사실 또 다른『유리 밀로슬랍스키』가 있지요. 그게 바로 내 작품입니다.

안나 안드레예브나   그러면 제가 읽은 것은 당신 작품임에 틀림없어요. 정말로 얼마나 훌륭했는지 몰라요!

흘레스타코프   사실 나는 문학으로 생활하고 있습니다. 내 집은 페테르부르크에서도 첫째갑니다. 이반 알렉산드로비치의 집이라고 하면 모르는 사람이 없을 정도지요. 저, 여러분, 혹시 페테르부르크에 오실 일이 있으면, 꼭, 꼭 우리 집에 들러 주십시오. 무도회도 자주 열지요.

안나 안드레예브나   정말로 운치 있는 멋진 무도회가 열리겠지요?

흘레스타코프   그야 말할 것도 없습니다. 테이블 위엔 수박이 놓여 있는데, 그 값이 700루블이나 됩니다. 수프는 냄비에 담은 채로 파리에서 곧장 배로 가져오지요. 뚜껑을 열면 김이 나는데, 세상에서 그것에 비길 만한 것이 없습니다. 난 또 날마다 무도회에 나간답니다. 거기에 가면 우리들만의 카드놀이 파티가 있지요. 우리 그룹에는 외무대신과 프랑스, 영국, 독일의 대사들, 그리고 나, 대개 이런 사람들이 모이지요. 지칠 때까지 계속해서 노름을 합니다. 그러고 나서 4층에 있는 내 방으로 계단을 올라가 식모에게 "자, 마브루시카, 외투를 맡아……" 하고 말하는 겁니다. 아니 지금 내가 무슨 헛소리를 하는 거지? 내가 2층 벨에타쥐[29]에 살고 있다는 걸 깜빡했네요. 내 집엔 계단이 하나밖에 없는데 말이에요…… 그런데 아주 재미있는 걸 볼 수 있어요. 아침에 우리 집 현관방을 한번 들여다보면, 내가 일어나기도 전에 백작이니 공작이니 하는 사람들이 북적대면서 마치 벌떼처럼 윙윙거리고 있어요. 그저 윙…… 윙…… 윙…… 소리만 들릴 뿐이에요. 이따금 대신들도 오고요…….

시장과 그 밖의 사람들, 겁을 먹고 의자에서 일어선다.

흘레스타코프 나한테 배달되는 소포엔 각하라고 써 있지요. 아, 한번은 대신이 된 적이 있습니다. 그것이 또 묘해요. 어느 날 갑자기 장관이 어디론가 사라져 버린 거예요. 그렇게 되자 자연히 누가 그 후임으로 들어앉게 될지 소문이 도는 거죠. 장군들 가운데서 여러 명의 희망자가 있었지만 잘되지 않았어요. 그게 여간 어려운 게 아니거든요. 얼핏 보기엔 쉬울 것 같지만 보통 큰일이 아닌 거지요. 어떻게 할 수가 없게 되자 마침내 나한테 왔더군요. 그때 길

---

29) 당시 고급 건물의 2층은 가장 좋은 층으로 간주되어 '벨에타쥐(bel´etazh)'로 불렸다.

거리마다 심부름꾼이 득실거렸지요…… 한번 생
각해 보십시오. 3만 5000명이나 있었으니까요! 그
래서 이게 도대체 어떻게 된 영문인가 하고 물었
더니 "이반 알렉산드로비치! 제발 대신 자리를 맡
아 주십시오!" 하고 말하는 겁니다. 실은 나도 어
느 정도 주눅이 들어 잠옷 바람으로 나갔었지
요. 물리치고 싶었지만 황제 폐하의 귀에도 들어
갈 것 같고, 또 이력을 장식하는 데도 나쁘지 않
다고 생각했죠……. "좋습니다, 여러분, 내가 이
직무를 맡겠습니다. 맡긴 맡겠는데 부정 따윈 결
코 용서하지 않겠어요! 내 귀는 날카로워요, 나
는……." 정확히 말해, 내가 사무실을 지나갈 때
그야말로 지진이라도 일어난 듯했습니다. 모두들
사시나무 떨 듯 떨었으니까요.

시장과 그 밖의 다른 사람들도 벌벌 떤다. 흘레스타코프는 더욱
더 열을 올린다.

흘레스타코프 아! 난 농담을 좋아하지 않아요. 그런 자들을 모
두 단단히 혼내 주었어요. 추밀원30)에서까지 나
를 무서워한단 말이오. 정말로 왜 그럴까? 내 생

---

30) 1810년 1월 성명서에 따라 창설된 입법부로 1917년 혁명 때까지 존속
되었다. 추밀원 의원들은 선출되는 것이 아니라 군주에 의해 임명되었으나,
그들의 결정은 군주의 구속을 받지 않았다.

각엔 내가 그만큼 공평무사한 올바른 인간이기 때문인 것 같아요…… 난 모든 사람들에게 이렇게 말합니다. "나는 나 자신을 잘 알아, 나 자신을. 나는 어디라도 돌아다닐 수 있지. 날마다 궁중에도 들어가. 내일이라도 당장 원수로 승진할……." (발이 미끄러지는 바람에 마룻바닥에 쓰러질 뻔했으나 관리들이 공손히 부축한다.)

시장　(온몸을 떨면서 다가가 무슨 말인가를 하려고 애쓴다.) 가, 가, 각…… 각…….

흘레스타코프　(빠르고 끊기는 듯한 목소리로) 무슨 말이오?

시장　가, 가, 각…….

흘레스타코프　(같은 목소리로) 무슨 헛소리를 하는지 한마디도 못 알아듣겠네.

시장　가, 가, 각…… 각하, 조금 쉬지 않으시겠습니까? 이쪽이 머무르실 방입니다. 필요한 건 모두 준비되어 있습니다.

흘레스타코프　쉬다니? 쓸데없는 소리. 아니, 쉬는 것도 괜찮겠군. 좋소. 여러분, 오늘 식사는 참으로 좋았소…… 흐뭇하오, 만족하오. (낭독하듯이) 아! 건대구! 소금에 절인 대구! (옆방으로 들어가고, 시장이 그 뒤를 따라간다.)

7장

(흘레스타코프와 시장을 제외한 앞 장의 사람들)

보브친스키 (도브친스키에게) 표트르 이바노비치! 저분이야말로 인물이야! 진짜 인물이야! 여태껏 한 번도 저런 큰 인물과 함께 자리해 본 적이 없어. 난 너무너무 두려워서 하마터면 까무러칠 뻔했다고. 자넨 어떻게 생각하나? 표트르 이바노비치! 저분의 관등은 얼마나 높을까?

도브친스키 적어도 장군쯤 되지 않겠어?

보브친스키 뭐? 장군 따윈 저분의 구두 밑바닥도 되지 않을 거야. 장군이라 하더라도 틀림없이 대원수는 될 거야. 추밀원을 꼼짝 못 하게 했다는 얘기 들었나? 자, 가세. 얼른 암모스 표도로비치와 코롭킨에게 얘기해 줘야지. 안나 안드레예브나 대모님! 안녕히 계세요.

도브친스키 대모님! 안녕히 계십시오!

두 사람이 퇴장한다.

아르테미 필립포비치 (루카 루키치에게) 아니, 무서워 죽겠어. 왜 그런지는 나도 모르겠어. 우리는 제복도 입지 않았는데. 그런데 어떻게 처리하실까? 한숨 자고 나서 보고서를 페테르부르크로 보내실까? (생각에 잠기면서 교육감과 함께 퇴장한다.) 사모님! 안녕히 계세요.

8장
(안나 안드레예브나와 마리야 안토노브나)

안나 안드레예브나 아, 참으로 기분 좋은 사람이야!

마리야 안토노브나 아! 사랑스러운 분이야!

안나 안드레예브나 마음 씀씀이가 아주 훌륭하단 말이야! 수도
에서 온 분다워. 사람을 대하는 태도가…… 어쩌
면 그렇게도 훌륭한지! 난 저런 젊은이가 너무 좋
거든! 정말로 홀딱 반해 버렸어. 그분도 내가 마
음에 든 모양이야. 난 눈치챘어. 내 얼굴만 계속
보고 있었거든!

마리야 안토노브나 엄마, 그분은 내 얼굴을 바라보고 있었어요!

안나 안드레예브나 그런 쓸데없는 소리를 하려거든 제발 저리
가! 그런 건 여기서 할 말이 아니지.

마리야 안토노브나 아니에요, 엄마. 정말이에요!

안나 안드레예브나 요것 봐라! 제발 너하고 다투지 않았으면 좋
겠다. 그분이 네 어디를 보겠니? 그분이 뭣 땜에
네 얼굴을 바라보겠니?

마리야 안토노브나 정말이에요, 엄마. 계속 바라보고 계셨어요.
문학 얘기를 할 때도 내 얼굴을 힐끔힐끔 바라봤
어요. 나중에 대사들과 카드놀이 한 얘기를 할 때

도 내 얼굴을 바라보고 계셨어요.

안나 안드레예브나 그야 어쩌다가 한 번쯤 그랬겠지. 그것도 '아, 이번엔 저 애도 좀 봐 줄까?' 하는 생각에서 본 것뿐이야.

9장
(앞 장의 사람들과 시장)

시장 (발뒤꿈치를 들고 들어온다.) 쉿 …… 쉿 …….

안나 안드레예브나 왜 그래요?

시장 술을 먹여 놓았지만 아무래도 마음이 안 놓여. 저 사람이 말한 게 절반만이라도 사실이면 어쩌지? (생각에 잠긴다.) 어떻게 사실이 아닐 수 있겠어? 사람이란 술에 취하면 뭐든 겉으로 드러나는 법인데. 마음속에 감추어 둔 것을 모두 털어놓게 되어 있단 말이야. 물론 어느 정도의 거짓은 있겠지. 거짓말을 하지 않고는 아무 얘기도 할 수 없으니까. 대신들과 카드놀이를 하고 궁중에 드나들고 …… 휴, 정말로 생각하면 생각할수록 저 친구의 정체를 모르겠어. 도대체 머릿속이 어떻게 되어 있는지 모르겠다고. 마치 종각 위에 서 있는 기분, 아니 목을 매달기라도 하는 것 같은 느낌이야.

안나 안드레예브나 그런데 난 조금도 겁나지 않았어요. 저분은 그저 교양 있는 상류 사회의 고상한 사람이라고 생각했어요. 관등이 무엇이건 나에겐 상관없는 일이에요.

시장 그건 당신이 여자이기 때문이야! 여자라는 그 한 마디로 충분해. 그걸로 모든 게 끝난다고! 너희 눈엔 뭐든 대수롭지 않아 보이지! 갑자기 엉뚱한 소릴 하지 않나. 너희들이야 몇 대 맞으면 그걸로 그만이지만, 남편인 나로서는 신세 망치는 일이야. 당신은 그분을 도브친스키 같은 사람 대하듯 멋대로 대하더군.

안나 안드레예브나 그런 건 제발 걱정하지 말아요. 우리도 어떻게 해야 하는지 정도는 알고 있으니까……. (딸을 바라본다.)

시장 (독백) 아니, 그분이 너희들과 얘기를 하다니……! 이건 정말 예상 밖이야! 아직까지도 너무 무서워서 정신을 차릴 수가 없네. (문을 열어젖히고 문간에서 말한다.) 미시카! 경찰관 스비스투노프와 데르지모르다를 불러라. 대문 밖 어딘가에 있을 거야. (잠시 침묵한 후) 일이 모두 이상하게 돌아가는군. 사람이 의젓하긴 한데 깡마르고 키가 후리후리하단 말이야. 도대체 누굴까! 군인이라면 어떻게 관등이라도 짐작해 보겠지만 프록코트를 입고 있으니. 이거야 원, 완전히 날개 잘린 파리잖아. 아까 여관에선 오랫동안 속내를 감

쳤어. 평생 걸려도 풀 수 없는 비유나 수수께끼나
던지고. 그러더니 결국 본색을 드러내고 말았어.
게다가 필요 이상의 말까지 해 버렸지. 역시 젊은
친구라 표가 나.

10장
(앞 장의 사람들과 오시프)

모두가 손가락으로 가리키면서 오시프에게 달려간다.

안나 안드레예브나 이봐요!

시장 쉿……! 어때? 어떻게 됐어? 주무시나?

오시프 아직요. 잠깐 기지개를 켜고 계십니다.

안나 안드레예브나 이봐, 자네 이름이 뭐지?

오시프 오시프입니다, 마님!

시장 (아내와 딸에게) 그만, 됐어, 너희들은! (오시프에게)
여보게! 그래 어때, 잘 먹었나?

오시프 아주 잘 먹었습니다, 너무 고맙습니다, 잘 먹었습
니다.

안나 안드레예브나 그런데 자네 주인집엔 백작이니 공작이니 하
는 분들이 많이 찾아오시겠지?

오시프 (방백) 뭐라고 대답할까? 지금 이렇게 대접이 좋
은 걸 보면, 잘하면 더 좋아지겠지. (큰 소리로) 네,

백작님들께서도 오십니다.

마리야 안토노브나 이봐, 오시프! 네 주인께선 정말로 잘생기신 분이야!

안나 안드레예브나 이봐, 오시프! 주인께선 왜……?

시장 제발 좀 그만해! 너희들은 쓸데없는 말로 방해만 하잖아. 그래 어떤가……?

안나 안드레예브나 자네 주인 나리의 관등은 뭐지?

오시프 뭐, 보통 관등이죠.

시장 아, 이런 제기랄, 줄곧 쓸데없는 질문만 하는군! 이러다가 중요한 건 하나도 못 묻겠다. 그래, 여보게, 주인께선…… 어떤가? 엄하신가? 책망하기를 좋아하시는가? 어떤가?

오시프 네, 질서를 좋아하시죠. 무엇이든 빈틈이 없어야 합니다.

시장 자네 얼굴이 마음에 들어. 이봐, 자네는 틀림없이 좋은 사람일 거야. 그런데 어떤가……?

안나 안드레예브나 이봐, 오시프! 자네 주인, 거기서는 어쩌셨어? 제복을 입고 다니시나, 아니면…….

시장 제발 이제 그만, 당신은 정말 시끄러워! 여기가 중요한 대목이라고. 사람이 사느냐 죽느냐가 걸린 중요한 문제야……. (오시프에게) 그런데 여보게, 정말로 난 자네가 아주 마음에 들어. 가다가 도중에 차 한 잔쯤 더 마시는 것도 괜찮겠지. 요즘은 조금 쌀쌀하니까. 자, 여기 차 마실 돈 2루블이다.

오시프   (돈을 받으면서) 나리! 정말로 고맙습니다. 부디 건
          강하십쇼! 불쌍한 인간을 이렇게 도와주시다니.

시장   좋아, 좋아, 나도 기쁘다. 그런데 이보게…….

안나 안드레예브나   이봐, 오시프! 자네 주인은 어떤 색깔의 눈을
          좋아하시지?

마리야 안토노브나   이봐, 오시프! 자네 주인의 코는 정말 귀엽게
          생겼더라……!

시장   잠깐만, 나도 말 좀 하자……! (오시프에게) 그래
          어때? 이봐, 얘기 좀 해 주지 않을래? 자네 주인
          이 가장 관심을 갖는 게 뭔가? 여행 중에 무엇을
          가장 좋아했지?

오시프   그야 그때그때 형편에 따라 다르지요. 음…… 그
          래도 가장 좋아하시는 건, 좋은 대우를 받거나
          좋은 음식을 대접받는 일이죠.

시장   좋은 음식?

오시프   네, 좋은 음식이요. 저야 미천한 농노에 불과하지
          만, 주인님은 항상 저에게도 좋은 일이 있도록 보
          살펴 주시죠. 맹세합니다! 어딜 가나 항상 "어쨌
          거나, 오시프! 음식 대접은 잘하던가?"라고 물으
          시죠. "나리, 별로였어요."라고 제가 대답하면 "그
          래, 오시프! 거 나쁜 주인이구나. 집에 돌아가거
          든 내가 잊어버리지 않도록 다시 말해 주게." 하고
          말씀하십니다. 하지만 저는 속으로 '아, (손을 흔든
          다.) 그냥 내버려 두지 뭐! 나야 보잘것없는 인간

이니까.'라고 생각하고 말죠.

시장 좋아, 좋아. 자네 참 좋은 말 했네. 아까는 차 마
실 돈을 주었지. 자, 여기 과자값도 받아.

오시프 왜 이렇게 주시는 겁니까, 나리? (돈을 숨긴다.) 그
럼 나리의 건강을 빌면서 한잔하겠습니다.

안나 안드레예브나 오시프! 나도 줄 테니까 내게도 이야기해 주게.

마리야 안토노브나 오시프! 주인에게 키스해 다오!

옆방에서 흘레스타코프의 잔기침 소리가 들린다.

시장 쉿! (발끝으로 일어선다. 무대의 모든 사람이 소곤거린
다.) 알겠지? 조용히 하자! 자기 방으로 들어가!

안나 안드레예브나 가자, 마셴카[31]! 할 말이 있어. 우리 둘이서
만 할 수 있는 이야기야. 손님에 대해선 대충 알
것 같아.

시장 오, 어지간히 조잘대겠군! 저쪽에 가서 한 번 들
으면, 기가 차겠지. (오시프에게로 얼굴을 돌리면서)
그런데 여보게……

11장
(앞 장의 사람들. 데르지모르다와 스비스투노프)

---

31) '마셴카(Mashen´ka)'는 시장의 딸 마리야의 애칭이다.

시장　쉿! 요 안짱다리 곰 새끼들 같으니, 웬 구두 소리
　　　가 그리 요란해! 한 40푸드 정도 되는 짐을 달구
　　　지에서 던지기라도 하듯 쿵쿵거리네! 어딜 갔다
　　　왔어?

데르지모르다　명령대로 했습니다…….

시장　(그의 입을 막는다.) 까마귀처럼 깍깍대기는! (그를
　　　약 올린다.) 명령대로라고? 마치 통 속에서 울어 대
　　　는 것 같군. (오시프에게) 자, 넌 저리 가서 나리의
　　　시중이나 들어. 집에 있는 건 뭐든지 달라고 해.

오시프가 퇴장한다.

시장　그리고 너희들은 현관에 서 있어. 한 발짝도 움직
　　　이지 말고! 딴 사람은 아무도 집 안에 들여보내
　　　면 안 돼, 특히 장사꾼 놈들은! 만일 그놈들을 한
　　　놈이라도 들여보내는 날엔…… 알아서 해! 그리
　　　고 누군가 탄원서를 갖고 있는 놈이나, 탄원서가
　　　없더라도 나를 고발하려는 낌새가 있어 보이는
　　　놈이 나타나면, 알겠지? 그냥 확 걷어차 버려! 보
　　　기 좋게! 이렇게 말이야! (발로 시늉을 해 보인다.)
　　　알겠지……? 쉿……. (발뒤꿈치를 들고 경찰을 뒤
　　　따라 퇴장한다.)

막이 내린다.

4막

계속 같은 방.

1장

(암모스 표도로비치, 아르테미 필립포비치,

우체국장, 루카 루키치, 도브친스키와 보브친스키)

모든 사람들이 정복과 제복을 입고 거의 발끝으로 조심스럽게 등
장한다. 무대 전체가 작은 소리로 시끄럽다.

암모스 표도로비치   (사람들을 모두 반원형으로 세운다.) 여러분, 빨
　　　리 좀 빙 둘러서시오. 좀 더 질서 있게! 궁궐에도
　　　출입하고, 추밀원에서도 호통을 친다니, 대단한

분입니다! 어서 군대식으로 좀 서 줘요, 군대식으
로! 여보게, 표트르 이바노비치, 자네는 이쪽으로
들어가. 표트르 이바노비치, 자네는 그냥 그 자리
에 서 있고.

두 쌍둥이 지주 표트르 이바노비치가 발끝을 들고 뛰어든다.

아르테미 필립포비치 암모스 표도로비치 판사! 잘해 보게! 건투
를 빌어! 나도 빨리 무슨 조치를 취해야 할 텐데
말이야.

암모스 표도로비치 그래, 무슨 조치를?

아르테미 필립포비치 뭐 뻔하잖아.

암모스 표도로비치 뇌물?

아르테미 필립포비치 그렇지, 뇌물이라도 줘야 하지 않겠어?

암모스 표도로비치 그건 위험해! "당신 도대체 국가적 인물을 어
떻게 보는 거야?" 하면서 호통 치면 어떻게 하지?
그것보단 무슨 기념품으로…… 귀족 회의에서 기
념품을 증정하는 것처럼 하면 어떨까?

우체국장 아니면 "우편으로 돈이 왔는데 누구 것인지 몰라
서……."라고 말할 수도 있겠지.

아르테미 필립포비치 조심하게, 자네를 우편으로 어디 멀리 보내
버릴지도 모르잖아. 들어 봐요. 복지 국가에선 이
런 일을 그렇게 하는 게 아니야. 우리가 여기에서
이렇게 바글대고 있을 필요가 없다고. 한 사람씩

들어가 인사합시다. 그래, 단둘이 있는 자리에서, 말하자면…… 아무도 못 듣게 제대로 하는 거야. 복지 사회에선 바로 그렇게 하는 거라고! 자, 암모스 표도로비치 판사! 자네가 먼저 시작해.

암모스 표도로비치 자네가 먼저 하는 게 좋겠어. 자네는 병원에서 그 훌륭한 손님에게 식사를 대접해 봤잖아.

아르테미 필립포비치 그럼 청년 계몽가로서 루카 루키치 교육감이 낫겠어.

루카 루키치 여러분, 난 안 돼, 할 수 없어요! 솔직히 말해서 난 나보다 관등이 하나라도 높은 사람과 마주하고 얘기를 하면, 정신이 없어지고 혀가 마치 진창에 빠진 것처럼 굳어 버려요. 여러분, 미안해요, 정말로 미안해요!

아르테미 필립포비치 그렇다면 암모스 표도로비치 판사! 자네밖에 없겠어. 자네는 입을 열었다 하면, 혀에서 웅변가 키케로가 흘러나오잖아.

암모스 표도로비치 무슨 말을! 자네 무슨 말을 그렇게 하나? 키케로라니! 꾸며 대는 것 좀 보게! 그냥 어쩌다가 집 사냥개나 정찰용 사냥개 얘기를 정신없이 한 적은 있지만…….

일동 (그에게 달라붙는다.) 아니야, 자네는 개 얘기뿐만 아니라 바벨탑 얘기도 했어…… 암모스 표도로비치 판사! 제발 우리를 버리지 말아 주게. 우리들의 수호자가 되어 줘요! 암모스 표도로비치 판사님!

암모스 표도로비치 여러분, 좀 나가게 해 줘요!

이때 흘레스타코프의 방에서 발소리와 기침 소리가 들린다. 모두가 앞을 다투며 방문 쪽으로 서둘러 몰려 나가려고 한다. 서로 밀치고 제치는 일이 벌어진다. 작은 비명 소리까지 난다.

보브친스키의 목소리 이봐, 표트르 이바노비치! 표트르 이바노비치! 발을 밟지 마!
제믈랴니카의 목소리 여러분, 좀 놔줘요. 이대로는 눌려 죽을 것 같아요!

"아이고! 아이고!" 하는 비명 소리가 몇 번 들린다. 마침내 모두가 서로 밀치고 나가자 방이 텅 빈다.

2장

흘레스타코프가 잠이 덜 깬 눈으로 혼자 등장한다.

흘레스타코프 한잠 늘어지게 잤나 보다. 어디서 그런 이부자리하며 깃털 이불을 거둬들였지? 아유…… 땀까지 났어. 지금까지 골치가 지끈지끈 아픈 걸 보면, 어제 식사 때 녀석들이 뭔가를 마시게 한 것 같아. 아무튼 여기 있으면 즐겁게 시간을 보낼 것 같군.

환대를 받는 건 나쁘지 않지. 하지만 무슨 잇속으로 환대하는 게 아니라 진심으로 환대한다면 더 좋을 텐데. 시장 딸도 그리 나쁘진 않고, 그 엄마도 뭐 아직은 그런대로…… 어쨌든 정말로 이런 생활은 나쁘지 않아.

3장

(흘레스타코프와 암모스 표도로비치)

암모스 표도로비치 (들어오다가 멈춰 서서 혼잣말을 한다.) 하느님, 하느님! 부디 잘되도록 도와주소서. 무릎이 이렇게 떨려서야……. (한 손으로 칼을 누르고 똑바로 서서 큰 소리로) 제 소개를 하게 되어 대단히 영광입니다. 지방법원 판사로 있는 8등관 랴프킨탸프킨입니다.

흘레스타코프 자, 앉으시지요. 그럼 당신이 이곳 판사인가요?

암모스 표도로비치 1816년부터 삼 년 기한으로 귀족 회의에서 선출되어 지금까지 일하고 있습니다.

흘레스타코프 그런데 판사로서 뭐 이로운 게 있습니까?

암모스 표도로비치 구 년 동안 근속한 공로로 정부가 상신하여 블라디미르 4등 훈장을 받았습니다. (방백) 손에 돈을 쥐고 있으니 주먹이 온통 불덩어리 같아.

흘레스타코프 나도 블라디미르 훈장을 좋아해요. 뭐 안나 3등 훈장은 그렇지도 않지만.

암모스 표도로비치 (움켜쥔 주먹을 조금씩 앞으로 내밀면서, 방백) 어쩌나! 내가 어디에 앉아 있는지도 모르겠어. 꼭 바늘방석에 앉아 있는 기분이야.

흘레스타코프 손에 든 건 뭡니까?

암모스 표도로비치 (당황하여 지폐를 마룻바닥에 떨어뜨린다.) 아, 아무것도 아닙니다.

흘레스타코프 뭐가 아무것도 아녜요? 돈이 떨어졌잖아요?

암모스 표도로비치 (온몸을 떨면서) 절대 그럴 리 없습니다. (방백) 아, 제기랄, 이젠 내가 법정에 서겠어! 곧 나를 체포하러 마차가 오겠지!

흘레스타코프 (주우면서) 음, 역시 돈이군.

암모스 표도로비치 (방백) 이거 끝장이다. 망했다! 망했어!

흘레스타코프 이걸 좀 내게 빌려주시죠. 어떤가요?

암모스 표도로비치 (서둘러) 당연하죠, 당연한 말씀을…… 기꺼이. (방백) 자, 더 대담하게, 더 과감하게 나가자! 성모 마리아님! 도와주소서!

흘레스타코프 실은 여행하는 도중에 돈을 이리저리 다 써 버렸어요. 그래서…… 하지만 시골에 가는 대로 당장 부쳐 드리겠습니다.

암모스 표도로비치 무슨 말씀을요! 그렇게 하지 않으셔도 됩니다. 제겐 그 이상의 영광이 없습니다…… 그리고 물론 미약한 힘이지만 근면과 성실로 당국에…… 보답하도록 노력하겠습니다……. (의자에서 일어나 두 손을 양쪽 바지의 솔기에 대고 부동자세를 취한다.) 더 이상 지체하여 심려를 끼쳐 드리지 않도록 나가 볼까 합니다. 다른 명령 같은 건 없으신지요?

흘레스타코프 무슨 명령?

암모스 표도로비치 저, 이곳의 지방 법원에 내리실 명령 같은 것 말씀입니다.

흘레스타코프 난 지금 그럴 필요를 전혀 느끼지 못해요.

암모스 표도로비치 (경례를 하고 퇴장하면서 방백) 그렇다면 이 도시는 우리 거야!

흘레스타코프 (그가 퇴장하자) 판사라고…… 좋은 사람이야!

4장

제복을 입은 흘레스타코프와 우체국장이 칼을 누르면서 똑바른 자세로 등장한다.

우체국장 제 소개를 하게 되어서 매우 영광입니다. 저는 우체국장으로 있는 7등관 시페킨입니다.

흘레스타코프 아, 어서 오세요. 난 유쾌한 분들과 사귀는 사회를 아주 좋아합니다. 앉으세요. 원래 여기 사시는가 보죠?

우체국장 그렇습니다.

흘레스타코프 전 이 도시가 마음에 들어요. 물론 인구는 그리 많지 않지만, 뭐 그러면 어때요? 수도가 아닌 바에야. 그렇지 않습니까?

우체국장 맞습니다.

흘레스타코프 물론 수도는 세련되고 우아해야지요. 그렇지만 수도엔 지방의 소박함이 없습니다. 우체국장의 의견은 어떻습니까, 그렇지 않은가요?

우체국장 맞습니다. (방백) 그런데 이 사람은 조금도 거드름을 피우지 않네. 아무거나 막 물어보잖아.

흘레스타코프 조그만 도시에서도 충분히 행복하게 살 수 있잖아요?

우체국장 그렇습니다.

흘레스타코프 과연 사람에겐 무엇이 필요할까요? 전 그저 남들에게서 존경받고 진심으로 사랑받는 것뿐이라고 생각해요. 그렇지 않습니까?

우체국장 정말로 옳은 말씀입니다.

흘레스타코프 의견이 같다니 반갑군요. 나를 기인으로 생각하는 사람도 있습니다만 원래 성격이 그래요. (그의 눈을 바라보면서 혼잣말을 한다.) 어디 우체국장에게 돈을 한번 꿔 볼까! (큰 소리로) 그런데 일이 참 우습게 됐어요. 여행 중에 그만 돈을 다 써 버렸지 뭡니까. 한 300루블만 꿔 주실 수 없겠습니까?

우체국장 왜 안 되겠습니까? 더없는 영광으로 생각합니다. 자, 여기 있습니다. 저는 진심으로 봉사할 준비가 되어 있습니다.

흘레스타코프 대단히 고맙소. 정말이지 여행 중에 거절당한다는 건 죽는 것만큼이나 싫은 일이지요. 그럴 필요가 없잖아요, 안 그래요?

우체국장 옳습니다. (일어나 몸을 똑바로 세우고 칼을 누른다.) 더 지체해 봐야 괴로움만 끼칠 것 같아 이제 그만 물러갈까 합니다…… 우체국 일에 대해 주의를 주실 것은 없습니까?

흘레스타코프 아니에요, 아무것도 없습니다.

우체국장이 인사를 하고 퇴장한다.

흘레스타코프 (담배를 피우면서) 우체국장 역시 사람이 아주 좋아. 적어도 성실해. 난 저런 사람이 좋단 말이야.

5장
(흘레스타코프와 등 뒤에서 거의 떠밀려
문으로 들어온 루카 루키치)

그의 등 뒤에서 "겁먹지 마!"라는 소리가 들린다.

루카 루키치 (두려움에서 벗어나려는 듯이 몸을 쭉 편 자세로 칼을 누른다.) 제 소개를 하게 되어 영광입니다! 교육감으로 있는 9등관 흘로포프입니다.

흘레스타코프 아, 어서 들어오세요! 앉으시죠, 앉으세요! 담배 피우지 않으시겠어요? (그에게 담배를 내민다.)

루카 루키치 (망설이면서 독백) 이거 야단났네! 이런 상황은 미처 생각하지 못했는데. 이걸 받아야 하나, 말아야 하나?

흘레스타코프 받으세요, 받아요. 이건 상당히 좋은 담배입니다. 물론 페테르부르크의 담배와는 다르지만요. 거기선 백 개비에 25루블짜리 담배를 피웠죠. 정말로 한 대 피우고 나면 손가락에 키스를 하고 싶을 정도예요. 여기 불 있습니다, 피우시지요. (그에게 촛불을 내민다.)

루카 루키치는 담배를 피우려 하면서 떨고 있다.

흘레스타코프 아, 그쪽이 아니에요. 거꾸로 물었어요!

루카 루키치 (깜짝 놀라 담배를 떨어뜨리고 침을 뱉는다. 그러고는 한 손을 젓고 나서 독백) 에잇, 될 대로 되라지! 망할 놈의 겁 때문에 끝내 망치는구나!

흘레스타코프 담배를 즐기지 않는군요. 이게 제 흠이지요. 눈치가 느리거든요. 게다가 또 한 가지, 여자에 대해서는 도무지 관심이 없어요. 당신은 어떻습니까? 어떤 여자가 좋아요? 흑발, 아니면 금발?

루카 루키치는 무슨 말을 해야 할지 몰라 쩔쩔맨다.

흘레스타코프 그러지 말고 솔직히 말씀해 주세요. 흑발인가요, 금발인가요?

루카 루키치 모르겠습니다.

흘레스타코프 아, 아니, 그렇게 빼지 마시고…… 당신의 취향을 꼭 좀 알고 싶어서요.

루카 루키치 그럼 감히 말씀드리겠습니다……. (방백) 아, 이거 뭐라고 말해야 할지 정말로 난감하네.

흘레스타코프 아! 말하고 싶지 않으신가 보죠? 분명 어떤 흑발의 여자가 당신 속을 썩인 거군요. 고백하세요. 그런 거죠?

루카 루키치가 침묵한다.

흘레스타코프 아! 얼굴이 홍당무가 됐군요! 저런, 저런! 보세요! 왜 말을 못 하세요?

루카 루키치 겁이 나서요, 가…… 가…… 각……. (방백) 빌어먹을 놈의 혓바닥이 나를 배반한 거야, 배반한 거라고!

흘레스타코프 겁나요? 하긴 내 눈이 사람을 위축시키는 뭔가가 있긴 해요. 적어도 나는 내 시선을 견딜 수 있는 여자가 단 한 사람도 없다는 걸 알죠, 그렇지 않습니까?

루카 루키치 맞습니다.

흘레스타코프 그런데 실은 제게 묘한 일이 생겨서 그만 돈을 몽
땅 털려 버렸지 뭡니까. 한 300루블만 빌려주실
수 없겠습니까?

루카 루키치 (호주머니를 움켜쥐면서 독백) 농담이겠지. 만일 없
으면······ 있다, 있어! (지폐를 꺼내 부들부들 떨면
서 내민다.)

흘레스타코프 아, 대단히 고마워요.

루카 루키치 (칼을 누르면서 부동자세로) 그럼 실례지만 이만 물
러가겠습니다.

흘레스타코프 잘 가요.

루카 루키치 (뛰어나가면서 방백) 와, 천만다행이다! 설마 교실
을 들여다보지는 않겠지!

6장

(흘레스타코프와 부동자세로 칼을 누르고 있는
자선 병원장 아르테미 필립포비치)

아르테미 필립포비치 제 소개를 하도록 허락해 주십시오! 자선병
원장으로 있는 7등관 제믈랴니카입니다.

흘레스타코프 안녕하세요. 자, 좀 앉으시죠?

아르테미 필립포비치 각하를 수행하고 제가 감독을 맡고 있는
자선 병원에서 직접 영접할 수 있는 영광을 누렸

던 자입니다.

흘레스타코프 아, 그렇군요! 기억하고 있어요. 정말로 점심 대접 잘 받았습니다.

아르테미 필립포비치 나라를 위해서 일하는 것이라면 뭐든지 기쁩니다.

흘레스타코프 실은 내 결점인데, 난 맛있는 음식을 좋아해요. 그런데 무엇이더라, 어제는 키가 약간 작았던 것 같았는데, 그렇지 않으신가요?

아르테미 필립포비치 그럴지도 모르죠. (잠시 침묵) 이런 말씀을 드리긴 뭐합니다만 저는 아무것도 아끼지 않고 열심히 직무를 수행하고 있습니다. (의자를 가까이 끌어당기면서 속삭이듯이 말한다.) 그런데 이 지방의 우체국장은 그야말로 아무 일도 하지 않고 있습니다. 모든 업무가 완전히 내동댕이쳐져 있는 데다 우편물은 모두 낮잠을 자고 있는 실정입니다…… 한번 직접 조사해 보시지요. 그리고 방금 제 앞에 왔던 판사도 역시 토끼 사냥에만 열심인 데다가 사무소에서 개까지 기르고 있습니다. 사실 그 사람의 행실은 당연히 비난받아 마땅합니다. 비록 제 친척이고 친구긴 하지만 국가의 이익을 위해서 말씀드리는 겁니다. 보셨겠지만 이 지방에 도브친스키라는 지주가 있습니다. 그런데 이 도브친스키가 어디론가 외출하기만 하면, 이내 그 판사가 도브친스키의 아내 옆에 붙어 앉

아 있습니다. 그건 맹세할 수 있습니다…… 꼭 한
번 도브친스키의 애들을 자세히 들여다보세요.
그 애들 중에 도브친스키를 닮은 놈이 하나도 없
습니다. 다들, 글쎄, 막내딸까지도 판사를 꼭 빼다
박았다니까요.

흘레스타코프 그게 사실입니까? 난 그런 건 전혀 생각도 해 보
지 못했습니다.

아르테미 필립포비치 그 교육감만 해도 그렇습니다…… 왜 상부
에서 그런 친구에게 그 같은 업무를 맡겼는지 도
무지 이해가 안 됩니다. 그 친구는 자코뱅[32] 당원
보다도 더 나쁜 자입니다. 심지어는 말로 다 표현
할 수 없을 정도의 불온사상을 젊은이들에게 불
어넣고 있습니다. 이 모든 걸 차라리 서면으로 보
고하는 것이 더 좋을 것 같은데, 어떻겠습니까?

흘레스타코프 서면으로, 좋습니다. 대단히 재미있을 것 같네요.
난 심심할 때 뭔가 재미있는 걸 읽기 좋아합니
다…… 성함이 뭐였지요? 난 곧잘 잊어버려서요.

아르테미 필립포비치 제믈랴니카 병원장입니다.

흘레스타코프 아, 맞아요! 제믈랴니카 병원장. 그런데 어떻습니
까? 애들이 있습니까?

아르테미 필립포비치 왜 없겠습니까? 다섯 놈이나 있습니다. 두
놈은 벌써 어른이 되었습니다.

---

32) 1789년 프랑스 혁명 당시 파리에서 결성된 급진적인 당파의 이름이다.

흘레스타코프 어른이라고요! 그러면 그 사람들의…… 그러니까 자제분들의 그……?

아르테미 필립포비치 물으시려는 게 그 아이들의 이름 말씀인가요?

흘레스타코프 그래요, 이름이 어떻게 되죠?

아르테미 필립포비치 니콜라이, 이반, 엘리자베타, 마리야, 그리고 페레페투야.

흘레스타코프 참 좋군요.

아르테미 필립포비치 제가 각하의 신성한 의무 시간을 빼앗게 될 까 두렵습니다. 저는 이제 그만……. (퇴장하려고 인사를 한다.)

흘레스타코프 (배웅하면서) 아니에요, 괜찮아요. 병원장 말씀 은 정말 재미있었어요. 자, 그러면 다음 기회에 또…… 나는 그런 얘기를 아주 좋아해요. (돌아 와서 문을 열고 그의 등 뒤에서 소리친다.) 당신 성이 뭐였더라! 다 잊어버렸어. 그래, 참, 이름이 뭐였 죠? 당신 이름과 부칭이 뭐였더라.

아르테미 필립포비치 아르테미 필립포비치 병원장입니다.

흘레스타코프 아르테미 필립포비치 병원장…… 미안하지만 말 이에요, 제게 묘한 일이 생겨서 말입니다. 도중에 그만 여비가 다 떨어졌지 뭐예요. 혹시 돈 가진 것 있으면, 한 400루블만 꿔 주시지요?

아르테미 필립포비치 네, 알겠습니다.

흘레스타코프 마침 잘됐네. 정말로 고마워요.

7장

(흘레스타코프, 쌍둥이 지주 보브친스키와 도브친스키)

보브친스키 제 소개를 할 수 있게 되어 영광입니다. 이 지방에 사는 이반의 아들 표트르 보브친스키입니다.

도브친스키 저는 지주 이반의 아들인 표트르 도브친스키입니다.

흘레스타코프 아, 그래요. 우리는 구면이지요. 그때 넘어졌던 것 같은데? 그래, 코는 좀 어떻습니까?

보브친스키 덕분에 다행히 나았습니다. 걱정해 주셔서 감사합니다. 이제 완전히 나았습니다.

흘레스타코프 다 나으셨다니 참 다행입니다. 기쁩니다……. (갑자기 말을 딱딱 끊어가며) 돈 좀 가진 것 없어요?

보브친스키 돈요? 어떤 돈 말인가요?

흘레스타코프 (큰 소리로 빠르게) 한 1000루블 정도 빌렸으면.

보브친스키 그런 큰돈은 정말로 없습니다. 표트르 이바노비치, 혹시 자넨 없나?

도브친스키 저도 없습니다. 말씀드리자면 돈은 모두 자혜원[33]에 예금해 버렸습니다.

흘레스타코프 그래요, 그럼 1000루블은 없더라도, 한 100루블은 있겠죠.

---

33) 1775년 예카테리나의 개혁에 의해 설립되었다. 고아원이나 병원, 다른 자선 기관을 운영하고, 기금을 모아 그 돈으로 운영된다.

보브친스키　(호주머니를 뒤지면서) 표트르 이바노비치! 자네 100루블 없어? 나한텐 전부 40루블 있어.

도브친스키　(지갑 속을 보면서) 모두 25루블이야.

보브친스키　표트르 이바노비치! 그러지 말고 잘 좀 찾아보게! 자네 오른쪽 호주머니에 해진 데가 있잖아. 틀림없이 그리로 빠져 들어갔을 거야.

도브친스키　없어. 정말이야. 거기에도 없어.

흘레스타코프　뭐 상관없소. 나는 그저…… 좋습니다, 65루블이라도 괜찮습니다. 마찬가지니까. (돈을 받는다.)

도브친스키　한 가지 아주 미묘한 일에 대해서 여쭈어 볼까 합니다.

흘레스타코프　무슨 말씀인데요?

도브친스키　아주 까다로운 일입니다. 제 맏아들이 말입니다. 실은 제가 결혼을 하기도 전에 태어났습니다…….

흘레스타코프　그래서요?

도브친스키　그렇지만 그 애는 결혼을 하고 낳은 거나 다름없이 완전히 제 자식입니다. 물론 나중에 혼인 신고는 마쳤죠. 그러니 보십시오. 저는 그 녀석이 완벽하게, 그러니까 법률상으로도 제 자식이 돼서 저처럼 도브친스키라고 불리길 원합니다.

흘레스타코프　좋습니다. 그 성을 갖게 하세요! 그건 가능하지요.

도브친스키　이런 걸로 괴롭혀 드리고 싶지 않았습니다만, 그놈의 재주가 아무래도 아까워서 말씀이에요. 아직 어린 조그만 사내아이입니다만…… 앞날이 아주 유망하지요. 여러 편의 시도 외우고, 또 주머니칼이라도 굴러다니는 걸 보면 그걸 가지고 금방 요술쟁이처럼 아주 솜씨 있게 작은 마차를 만들기도 합니다. 바로 이 표트르 이바노비치도 잘 알고 있습니다.

보브친스키 맞아요, 재주가 아주 비상합니다.

흘레스타코프 좋습니다, 좋습니다! 한번 힘써 보겠습니다. 내가 말해 보겠습니다…… 아마…… 다 잘될 겁니다. 그렇습니다……. (보브친스키에게로 얼굴을 돌리면서) 당신은 나한테 뭐 부탁할 게 없으십니까?

보브친스키 왜 없겠습니까? 아주 조그만 부탁 말씀이 하나 있습니다.

흘레스타코프 뭔데요, 무슨 일인가요?

보브친스키 부탁드릴 것은 다름이 아니라 페테르부르크에 돌아가시거든 거기 있는 고관들과 원로원[34] 의원들과 장군들에게 이야기해 주십시오. "각하! 이러저러한 도시에 표트르 이바노비치 보브친스키라는 사람이 살고 있습니다."라고 말입니다.

흘레스타코프 알겠습니다.

보브친스키 그리고 황제 폐하를 알현할 일이 있으시면 폐하께도 그렇게 좀 말씀해 주세요. "폐하! 이러저러한 도시에 표트르 이바노비치 보브친스키라는 사

---

34) 1711년 표트르 대제에 의해 설립된, 러시아 최고의 사법 기관이다.

람이 살고 있습니다." 하고 말입니다.

흘레스타코프 잘 알겠습니다.

도브친스키 이렇게 괴로움을 끼쳐 드려 대단히 죄송합니다.

보브친스키 이렇게 번거롭게 해 드려 죄송합니다.

흘레스타코프 괜찮아요, 괜찮습니다! 아주 즐거웠습니다. (그들을 배웅한다.)

8장

(흘레스타코프 혼자서)

흘레스타코프 여기엔 관리들이 꽤 많단 말이야. 그런데 녀석들은 나를 무슨 국가적인 인물로 알고 있는 것 같아. 아무래도 어제 내가 너무 허풍을 떨었나 보다. 어리석은 녀석들! 페테르부르크의 트랴피치킨에게 전부 알려 줘야지. 그 친구는 기사를 쓰니까, 이 녀석들을 모두 박살 내 버릴 거야. 어이, 오시프! 종이하고 잉크 가져와!

오시프는 "지금 가져갑니다." 하고 대답하면서 문에 얼굴을 들이민다.

흘레스타코프 어느 누구건 그 트랴피치킨에게 한번 걸려드는 날엔 빠져나가지 못하지. 그 친구는 좋은 기삿거리가 발견되면 친아버지라 해도 가차 없으니까. 게다가 돈을 좋아하거든. 하지만 어쨌든 여기 관리들은 선량한 사람들이야. 내게 빌려준 돈 좀 봐. 기특하지. 전부 얼마나 되나 좀 볼까. 이건 판사의 돈 300루블, 이건 우체국장 돈 300루블, 600, 700, 800…… 이거 얼마나 손때 묻은 돈인가! 800, 900…… 오! 1000루블이 넘는걸…… 자, 어디 그 대위란 놈, 이번에 걸리기만 해 봐라! 누가 이기나 어디 두고 보자!

9장
(흘레스타코프, 잉크와 종이를 들고 있는 오시프)

흘레스타코프 바보 같은 친구야! 내가 얼마나 융숭한 대접을 받고 지내는 줄 아나? (쓰기 시작한다.)

오시프 맞아요, 다행이에요! 이반 알렉산드로비치 주인 나리! 그런데 꼭 알아 두실 것이 하나 있어요.

흘레스타코프 그래 뭐야?

오시프 여기를 떠나세요. 정말로 이제 떠날 때입니다.

흘레스타코프 (쓰면서) 쓸데없는 소리! 왜?

오시프 그냥 그렇다는 겁니다. 그자들이야 이제 어떻게 하건 그냥 내버려 두세요! 여기서 이틀 동안이나 빈둥거렸으니까 그걸로 충분하잖아요. 그자들과

어울려 세월을 보낼 거 뭐 있습니까. 침이나 뱉어
주십쇼! 그리고 혹 만에 하나라도 정말로 다른
누군가가 오기라도 하면 어쩌시려고요……? 이
반 알렉산드로비치 주인 나리! 정말로 하느님 덕
분에 여기 훌륭한 말이 있으니까 한바탕 몰아 보
시는 것이 어떻겠습니까……!

흘레스타코프　(쓰면서) 아니야, 난 아직 여기에 좀 더 있고 싶어.
내일 떠나자.

오시프　내일 떠나면 뭐 해요! 이반 알렉산드로비치 주인
나리! 이젠 정말로 가요! 여기 머무르는 게 주인
에게야 큰 명예가 될지 몰라도, 한시라도 빨리 떠
나는 편이 더 좋아요. 정말이지 주인 나리를 누군
가 다른 사람으로 잘못 알고 있어요…… 그리고
부친께서 이런 일을 아시면 노발대발하실 거 아
닙니까. 정말로 한바탕 신나게 달려 보세요! 여기
선 훌륭한 말들을 얼마든지 내줄 겁니다.

흘레스타코프　(쓰면서) 그래, 좋다. 그 전에 이 편지 좀 부치고 와.
오는 길에 새 마차 배차증을 갖고 오고. 그 대신,
알겠지? 좋은 말이어야 해! 그리고 말꾼들에게 말
해 둬. 파발꾼처럼 달리며 노래를 부르면 내가 1루
블씩 술값으로 주겠다고 말이야……! (계속해서
쓰고 있다.) 트랴피치킨 녀석 우스워 죽겠지…….

오시프　저, 주인님! 편지는 이곳 하인에게 맡기고, 저는
시간 절약을 위해 짐을 챙기는 게 낫겠습니다.

흘레스타코프 (쓰면서) 좋아, 양초 좀 가져와.

오시프 (퇴장하여 무대 뒤에서 말한다.) 어이, 여보게! 편지 좀 우체국에 갖고 가서 부쳐 주게. 우체국장에게 무료로 부쳐 달라고 해. 그리고 우리 주인 나리한테 파발용의 가장 좋은 삼두마차를 보내라고도 전해 주게. 마차 요금은 치르지 않는다고, 관용으로 하란다고 말해. 빨리 갔다 와야 해. 그렇지 않으면 우리 주인께서 화를 내시니까. 잠깐, 아직 편지가 다 안 됐어.

흘레스타코프 (계속해서 쓰고 있다.) 그런데 그 친구 지금 어디에 살고 있을까? 포치탐트스카야 거리일까, 고로호바야 거리일까? 이 친구 역시 자주 이사하기를 좋아해서. 게다가 집세도 잘 내지 않고 말이야. 그냥 포치탐트스카야 거리[35]라고 쓰자. (봉함하고 서명을 한다.)

오시프가 양초를 가져온다. 흘레스타코프가 봉인을 한다. 이때 "털보[36], 어딜 기어 들어가? 아무도 들여보내지 말라는 분부가 있었다고 말했잖아!"라고 하는 경찰 데르지모르다의 소리가 들린다.

흘레스타코프 (오시프에게 편지를 준다.) 자, 갖고 가.

---

35) '우편 거리'라는 의미다.
36) 러시아 장사꾼들 중에는 일반적으로 털보가 많았다. 따라서 여기서 털보라고 하는 데엔 장사치라는 의미가 들어 있다.

장사꾼들의 목소리 들여보내 주세요, 나리! 우리라고 들여보내
　　　　　　주지 않는 법이 어디 있어요. 우리들도 볼일이 있
　　　　　　어서 왔다고요.

데르지모르다 저리 가, 저리 가라고! 주무시고 계시기 때문에
　　　　　　아무도 만나 주시지 않아.

　　소동이 커진다.

흘레스타코프 오시프, 밖에 무슨 일이지? 무슨 소동인지 좀 내
　　　　　　다봐.

오시프 (창문을 바라보며) 웬 장사꾼 녀석들이 들어오려고
　　　　　　하는데 경찰이 들여보내지 않고 있네요. 종잇조
　　　　　　각을 흔들고 있어요. 틀림없이 주인 나리를 만나
　　　　　　려는 겁니다.

흘레스타코프 (창문으로 다가가면서) 여러분, 왜들 그러십니까?

장사꾼들의 목소리 나리, 부탁드릴 말씀이 있어서 찾아왔습니다.
　　　　　　제발 청원서를 받아 주십쇼.

흘레스타코프 들여보내, 들여보내! 오시프! 들어와도 괜찮다고
　　　　　　말해.

　　오시프가 밖으로 나간다.

　　(창문으로 청원서를 받아 그중의 한 통을 펴서 읽는다.) "재무상
최고 각하[37], 상인 압둘린 올립니다……." 이게 뭐야, 젠장. 세

4막　　　　　　　　　　　　　　　　　　　　　　　　　133

상에 이런 관등이 어디 있어!

10장

(흘레스타코프, 술 바구니와 설탕 덩어리를 든 상인들)

흘레스타코프 여러분, 뭐 하시는 겁니까?

장사꾼들 탄원하게 해주십시오!

흘레스타코프 대체 무슨 일입니까?

장사꾼들 나리! 살려 주십쇼! 아무 죄도 없는 저희들만 온갖 곤욕을 다 치릅니다.

흘레스타코프 누구한테요?

장사꾼 중 한 사람 모두 여기 시장 때문입니다. 나리, 그런 고약한 시장은 이전에도 이후에도 없을 겁니다. 말로 이루 다 표현할 수 없는 그런 모욕을 줍니다. 한번은 군대를 계속 주둔시켜서 우리를 망하게 만들기도 했습니다. 차라리 목매달아 죽어 버리는 것이 나을 겁니다. 남의 수염을 움켜잡고는 "어, 네 놈은 타타르 놈[38] 아냐!"라고 말하질 않나, 사람 같은 짓거리는 전혀 하질 않으니 말입니다. 정말입니다! 그것도 혹시 저희들이 그분께 결례를 한다거나 하면 또 몰라도 저희들은 언제나 마땅히

---

37) 아부하기 위해 최고의 기발한 상상력을 동원하여 만들어 낸 호칭이다.

지켜야 할 예절과 규칙을 제대로 지키고 있습니
다. 그분의 부인이나 딸의 옷감을 드리는 정도라
면 저희들이 절대로 이런저런 구차한 소리를 하
지 않습니다. 그런데 그 정도가 아닙니다. 그 사람
은 그런 것만으로는 부족한가 봅니다. 가게에 오
면 닥치는 대로 아무거나, 그냥 마구 갖고 가 버
리는 겁니다. 나사를 한 필 보거나 하면 "어이, 이
봐, 이 옷감 아주 좋은데. 이거 내 집으로 가져와."
하고 말합니다. 좋으나 싫으나 가져다는 주지만
옷감 한 필이면 자그마치 50아르신 가까이나 되
는 물건입니다.

흘레스타코프 사실인가요? 참으로 대단한 사기꾼이군요!

장사꾼들 사실이고말고요! 어느 누구도 지금까지 그런 시장
을 본 적이 없습니다. 그자만 보면 가게의 물건을
싹 감춰 버립니다. 그렇게라도 하지 않으면 좋은
건 말할 것도 없고 쓰레기까지도 깡그리 뺏겨 버리

---

38) 몽골의 타타르족은 1237년부터 1240년까지 약 두 세기에 걸쳐 러시아
를 지배하고 통치했다. 몽골 제국의 멸망과 더불어 모스크바 공국은 타타르
족의 통치에서 해방되었다. 특히 볼가강 유역에 살고 있었던 수많은 타타르
족은 모스크바 공국에 협조하지 않았다. 19세기에는 타타르족 가운데 많은
사람들이 장사꾼으로 생계를 유지했다. 그러한 연유로 여기서 시장이 장사
꾼들을 '타타르 놈'이라고 부른 것이다. '타타르'라는 용어는 '지옥'이라는 의
미의 그리스어에서 유래된 말로 몽골 유목민들의 야만적이고 잔인한 침략
행위를 본 유럽인들이 그들을 경멸과 동시에 두려움의 대상으로 인식하면
서 불렀던 명칭이다.

고 마니까요. 벌써 한 칠 년쯤 통 속에 뒹굴고 있
는, 저희 집 점원도 먹지 않는 마른 자두가 있는데
시장은 하다못해 그런 것이라도 한 주먹 집어 가
는 겁니다. 그자의 명명일[39]인 성 안톤의 날[40]엔
무엇이고 가져다주지 않는 게 없어요. 이젠 더 필
요한 게 없겠지 생각하고 있으면, 웬걸요, 그자는
다시 또 마구 거둬들이는 겁니다. 게다가 성 오누
프리오의 날[41]도 자기의 명명일이랍니다. 어쩌겠
습니까? 그날도 선물을 갖다 바칠 수밖에요.

흘레스타코프 그건 정말 날강도네요!

장사꾼들 예! 예! 맞습니다! 그런데 반박이라도 좀 했다가
는 말이죠, 병사 1개 연대를 저희들 집에 끌고 들
어와선 묵게 하는 거예요. 가게 문을 닫으라는 거
지요. 그러곤 "난 너를 처형하거나 고문하지는 않
아. 그건 법률로 금지되어 있기 때문이지. 하지만
어디 골탕 좀 먹어 봐!" 하고 말하죠.

흘레스타코프 아니, 그런 사기꾼이 있나! 그래요, 그런 짓은 그

---

39) 러시아에서 신생아는 정교회 풍습에 따라 명명일(命名日, 세례명 축일)
을 갖는다. 부모는 아기가 태어난 후 여드레가 지나면 성자 달력(정교회 달
력)에서 아기의 이름을 선택한다. 일반적으로 아기의 생일과 가까운 성자의
날에서 가장 마음에 드는 성자의 이름을 택하여 아이의 이름으로 정한다.
세례명 축일이자 명명일인 이날은 생일보다 중시된다.
40) 혁명 이전에 러시아인들은 자기들의 명명일을 축하했다. 여기서 시장 안
톤 안토노비치는 자신의 생일인 1월 17일을 성 안톤의 날로 축복하고 있다.
41) 성 오누프리오의 날은 6월 12일이다.

냥 시베리아행입니다.

장사꾼들 뭐 나리께서 그자를 어디로 보내시건 다 좋습니다. 다만 될 수 있으면 우리에게서 조금이라도 더 멀리 떨어진 곳으로 보내 주시면 좋겠습니다. 자, 나리, 변변찮지만 받아 주십쇼. 그저 조그만 정표로 설탕과 술을 조금 가져왔습니다.

홀레스타코프 아니야, 난 절대로 어떤 뇌물도 받지 않는다는 걸 당신들은 모르는군. 하지만 만일 당신네가 내게 한 300루블쯤 꿔 주겠다면, 그렇다면 그때는 또 문제가 전혀 달라지지. 꾸는 것이라면 괜찮아요.

장사꾼들 좋습니다, 나리! (돈을 꺼낸다.) 하지만 300루블이 뭡니까! 한 500루블 받아 두십쇼. 그저 도와만 주세요.

홀레스타코프 뭐 꾸는 것이라면 나도 군소리 못 하지. 그럼 받아두겠소.

장사꾼들 (은 접시 위에 돈을 얹어 그에게 권한다.) 자, 여기 있습니다. 은 접시도 같이 받아 주십쇼.

홀레스타코프 그래, 은 접시도 받아 두지.

장사꾼들 (정중하게 인사하면서) 그러면 여기 설탕도 같이 받아 주십쇼.

홀레스타코프 오, 안 돼요. 나는 뇌물은 어떤 것도…….

오시프 각하! 왜 받지 않으십니까? 받으십시오! 나중에 모두 도움이 됩니다. 설탕 덩어리와 부대를 이리 가져와요! 다 가져와요! 모두 도움이 될 겁니다. 그건

뭐야? 노끈이야? 노끈도 줘, 노끈도 나중에 도움이
돼, 차가 부서지거나 하면 동여맬 수도 있지.

장사꾼들 그럼 잘 부탁하겠습니다, 각하. 만일 나리께서, 말
하자면…… 그, 저희들의 청원을 들어주지 않으
시는 날엔 저희들이 어떻게 될지 모릅니다. 정말
로 그땐 목이라도 매달 수밖에 없습니다.

흘레스타코프 틀림없어! 틀림없어! 노력하겠어.

장사꾼들이 퇴장한다. 그때 "안 돼, 감히 네가 나를 못 들어가게
하다니! 너도 그 어른한테 직접 일러바칠 거다. 그렇게 아프게 떼밀
지 마!"라고 외치는 여자 목소리가 들린다.

흘레스타코프 누구야? (창문으로 다가간다.) 뭐요, 당신들은?

두 여자의 목소리 나리! 제발 부탁입니다! 나리, 저희 말 좀 들어
주세요!

흘레스타코프 (창문으로) 그 여자를 들여보내.

11장
(흘레스타코프, 자물쇠공의 아내, 그리고 하사의 아내)

자물쇠공의 아내 (엎드려 큰절을 하면서) 부탁입니다…….

하사의 아내 제발 부탁입니다…….

흘레스타코프 그래, 당신들은 무엇을 하는 여자들이오?

하사의 아내　저는 하사 이바노프의 아내입니다.

자물쇠공의 아내　저는 이 도시의 평민인 자물쇠 제조공의 아내 페브로니야 페트로바나 포실레프키나입니다, 나리……

흘레스타코프　잠깐만, 한 사람씩 말해요. 당신은 무슨 볼일이 있나요?

자물쇠공의 아내　제발 부탁을 들어주십시오. 시장의 일로 부탁이 있습니다! 오, 하느님, 그자에게 천벌을 내려 주십시오! 사기꾼인 그자에게도 숙부들에게도 그자의 자식들에게도 숙모들에게도 어떤 일에서나 이익이 되는 일이 없게 해 주십시오!

흘레스타코프　대체 왜 그러시오?

자물쇠공의 아내　네, 시장은 제 남편에게 군대에 나가라고 명령했습니다. 한데 그게 저희들 차례가 아니란 말입니다. 그자는 그런 사기꾼입니다! 그런 일은 어느 법에도 없는 일입니다. 제 남편은 아내가 있는 몸입니다.

흘레스타코프　어떻게 그런 짓을 할 수 있었을까요?

자물쇠공의 아내　그 사기꾼 녀석이 모든 일을 꾸민 겁니다. 하느님, 이승에서나 저승에서나 그놈을 두들겨 패 주십시오! 만일 그자에게 숙모가 있거든 그 숙모에게도 천벌을 내려 주시고, 또 그자의 아비가 살아 있거든 악당인 그 아비도 병신이 되든지 한평생 천식을 앓게 해 주십시오. 원래는 양복장이의 아들이 나가게 되어 있었어요. 그런데 그 아들이 주정꾼인 데다가 아비가 많은 선물을 보내니까, 그자는 여자 장사꾼 판텔레예바의 아들더러 나가라고 하는 겁니다. 그러자 판텔레예바도 시장 부인에게 포목 세 필을 보냈지요. 그렇게 되니까 이번엔 그놈이 나한테 와서 "서방 놈 따위를 가져서 뭐 하냐? 그놈은 이제 네게 아무런 쓸모도 없어." 하는 겁니다. 소용이 있는지 없는지는 제 놈이 상관할 바 아니지요. 그건 어디까지나 내 일입니다. 그자는 그런 사기꾼입니다! 그러면서 "그놈은 도둑놈이야. 지금 도둑질을 하지 않았다 하더라도 어차피 마찬가지야. 결국 도둑질을 할 테니까. 그렇지 않더라도 내년 신병 모집엔 징집당하게 돼있어."라고 하더군요. 하지만 남편이 없으면 저는 어떻게 되겠습니까? 나는 늙은 여잡니다. 그놈은 비열한 놈이에요. 그놈의 일가친척들은 모두 하느님의 은혜를 입지 못할 겁니다! 장모가 있거든 그 장모까지도…….

흘레스타코프 좋아, 좋아요. 당신은? (노파를 배웅하여 내보낸다.)

자물쇠공의 아내 (나가면서) 나리, 제발 잊어버리지 마세요. 나리님! 부탁입니다!

하사의 아내 나리, 시장의 일로 찾아왔습니다…….

흘레스타코프 그래, 무엇 때문이오? 간단히 말해 봐요.

하사의 아내 채찍으로 저를 때렸습니다, 나리!

흘레스타코프 뭐, 어떻게?

하사의 아내 잘못 알고 한 겁니다, 나리! 아낙네들이 시장에서 싸움을 벌였는데 경찰이 뒤늦게 와서는 잘못 없는 저를 붙잡아서 두들겨 팼습니다. 그래서 이틀 동안 앉지도 못했습니다.

흘레스타코프 그런데 이제 와서 어떻게 하겠다는 거요?

하사의 아내 그야 물론 어떻게 할 수는 없는 노릇입니다. 하지만 실수에 대한 보상금이라도 받게 해 주십시오. 저는 굴러 들어온 횡재를 단념할 수 없습니다. 지금 저에겐 돈이 꼭 필요합니다.

흘레스타코프 좋아요, 좋아. 돌아가시오, 돌아가요! 내가 다 처리하겠소.

청원서를 든 손들이 창문으로 쑥 들어온다.

흘레스타코프 거기 있는 건 또 누구야? (창가로 다가간다.) 그만, 됐어! 필요 없어, 필요 없어! (떨어지면서) 제기랄! 이젠 질렸다! 오시프, 들여보내지 마!

오시프 (창문을 향해 외친다.) 가시오, 가요! 시간이 지났소. 내일 오시오!

문이 열리고, 수염이 덥수룩하고 입술이 부르트고 볼에 붕대를 감은 사내가 값싼 외투를 걸치고 나타난다.

오시프 저리 가, 저리 가! 뭣 하러 기어 들어오는 거야?
(앞에 있는 사내의 배를 양손으로 떼밀며 뒤로 문을
닫고 자기도 함께 현관방으로 밀고 나간다.)

12장
(흘레스타코프와 마리야 안토노브나)

마리야 안토노브나 어머나!

흘레스타코프 어째서 그렇게 깜짝 놀라나요, 아가씨?

마리야 안토노브나 아니에요, 놀라지 않았어요.

흘레스타코프 (우쭐대면서) 용서하십시오, 아가씨. 당신이 나
를 그런 사람으로 생각해 주시니 대단히 기쁘군
요…… 이렇게 물어 미안합니다만 어디로 가시려
던 참인가요?

마리야 안토노브나 정말로 저는 아무 데도 가려 한 게 아니에요.

흘레스타코프 어째서 아무 데도 가려 하지 않는 겁니까?

마리야 안토노브나 저는 엄마가 혹시 여기에 계시지 않을까 해
서요…….

흘레스타코프 아니, 왜 아무 데도 가지 않는지 알고 싶습니다만.

마리야 안토노브나 제가 방해를 했군요, 중요한 업무를 보고 계
신데.

흘레스타코프 (우쭐대면서) 중요한 일보다 차라리 당신의 눈이
더 좋습니다…… 당신이 와서 방해될 건 하나도

없습니다. 설사 당신이 어떤 짓을 하더라도 조금
도 방해가 되지 않습니다. 오히려 당신은 내게 만
족을 가져다주지요.

마리야 안토노브나 정말 고상하게 말씀하시네요.

흘레스타코프 당신처럼 아름다운 분에게는 그래야지요. 당신에
게 의자를 권할 수 있는 행복한 사람이 되고 싶습
니다만, 어떻습니까? 아니, 당신에겐 의자가 아니
라 왕좌를 권해야겠습니다.

마리야 안토노브나 정말로 저는 모르겠어요…… 저는 이제 가
봐야 해요. (의자에 앉는다.)

흘레스타코프 당신 스카프는 어쩌면 그렇게 아름답습니까?

마리야 안토노브나 당신은 나쁜 분이세요. 어떻게든지 시골뜨기
를 놀려 주자는 생각이시죠?

흘레스타코프 아가씨, 나는 당신의 백합꽃 같은 그 목을 끌어안
기 위해 당신의 스카프가 되었으면 좋겠습니다.

마리야 안토노브나 무슨 말씀을 하시는 건지 정말로 모르겠어
요, 스카프가 어떻다느니…… 오늘은 날씨가 정
말 이상해요!

흘레스타코프 아가씨, 어떤 날씨보다도 당신의 입술이 더 좋습
니다.

마리야 안토노브나 계속 그런 말씀만 하고 계시는군요…… 저,
부탁이 있어요. 제 앨범에다 기념으로 시 한 편
써 주시겠어요? 틀림없이 당신께선 좋은 시를 많
이 알고 계시겠죠?

흘레스타코프 당신을 위해서라면, 아가씨, 원하시는 건 모두 써 드리겠습니다. 자, 말해 보세요. 어떤 시를 써 드릴까요?

마리야 안토노브나 뭐랄까, 좀…… 멋진 것 말이에요.

흘레스타코프 시 같은 건 문제도 아닙니다! 난 시를 많이 알고 있어요.

마리야 안토노브나 그럼, 어떤 시를 써 주시겠어요?

흘레스타코프 뭐 설명할 필요가 있나요? 그러지 않아도 난 시를 다 알고 있어요.

마리야 안토노브나 저는 시를 참 좋아해요…….

흘레스타코프 그렇습니다. 나는 온갖 시를 많이 알고 있어요. 이런 건 어떨까요. "오, 그대 인간이여, 슬픔 속에서 헛되이 신을 원망하는구나……!"[42] 아니, 또 있습니다…… 지금은 생각이 잘 나지 않는군요. 하지만 그런 건 어찌 됐든 상관없습니다. 그 대신 차라리 당신의 눈동자에 반한 내 사랑을 당신에게 바치겠습니다. 당신의 눈동자에서……. (의자를 끌어당긴다.)

마리야 안토노브나 사랑! 저는 사랑이란 걸 몰라요…… 저는 사랑이 뭔지 전혀 모른다고요……. (의자를 뒤로 뺀다.)

흘레스타코프 (의자를 끌어당기면서) 왜 그렇게 의자를 뒤로 빼세요? 서로 가까이 앉는 게 더 좋을 텐데요.

---

42) 시인 로모노소프의 『용기의 송시 선집』에 나오는 첫구절.

마리야 안토노브나 (뒤로 물러나면서) 뭐 하려고 바싹 붙어 있어요. 떨어져 있어도 마찬가지인데요.

흘레스타코프 (다가앉으면서) 왜 떨어집니까? 바싹 다가붙어 있어도 마찬가지입니다.

마리야 안토노브나 (뒤로 물러나면서) 하지만 그래서 뭐 하려고요?

흘레스타코프 (다가앉으면서) 당신 스스로 너무 가깝다고 생각하니까 그런 겁니다. 떨어져 있다고 생각하시면 됩니다. 아가씨, 만일 당신을 내 가슴에 꼭 껴안을 수 있다면 얼마나 행복할까요.

마리야 안토노브나 (창문 쪽을 바라본다.) 저게 무엇일까요, 무엇인가 날아온 것 같은데? 까치일까, 아니면 무슨 다른 새일까?

흘레스타코프 (그녀의 어깨에 키스하고 창문을 바라본다.) 까치입니다.

마리야 안토노브나 (화가 나 일어선다.) 어머나, 이건 너무해요……큰 실례예요……!

흘레스타코프 (그녀를 붙들면서) 용서하세요, 아가씨. 그건 당신을 사랑하고 있기 때문입니다. 진심으로 사랑하고 있기 때문입니다.

마리야 안토노브나 당신은 저를 숫제 시골뜨기로 취급하고 있군요……. (나가려고 버둥거린다.)

흘레스타코프 (계속해서 그녀를 붙들고) 그럴 리가요! 사랑하기 때문이죠. 정말로 사랑해섭니다. 전 그냥 그저 장난삼아 해 본 것뿐입니다. 마리야 안토노브나, 화

내지 말아요! 무릎 꿇고 용서를 빌겠습니다. (무
릎을 꿇는다.) 용서하세요, 용서하세요! 보시다시
피 나는 무릎을 꿇고 있습니다.

13장
(앞 장의 사람들과 안나 안드레예브나)

안나 안드레예브나 (무릎을 꿇고 있는 흘레스타코프를 보면서) 어머
　　나, 이게 웬일이야!

흘레스타코프 (일어서면서) 아, 제기랄!

안나 안드레예브나 (딸에게) 얘야, 이게 무슨 짓이냐?

마리야 안토노브나 엄마, 나는…….

안나 안드레예브나 여기서 썩 나가지 못해! 어서 저리 나가. 저리
　　나가라는데도! 그리고 이제 내 눈앞에 얼씬도 하
　　지 마.

　　마리야 안토노브나가 울면서 퇴장한다.

안나 안드레예브나 용서하세요. 저는 정말로 깜짝 놀랐어요…….

흘레스타코프 (방백) 이 여자도 어지간히 식욕을 돋우는데. 나
　　쁘지 않아. (갑자기 무릎을 꿇는다.) 부인, 나는 이
　　처럼 사랑에 불타고 있습니다.

안나 안드레예브나 왜 이러세요? 당신께서 무릎을 꿇으시다니!

어서 일어나세요! 여기 마루는 아주 더러워요.

흘레스타코프 아닙니다. 무릎을 꿇고 있겠습니다. 꼭 무릎을 꿇고 있어야겠습니다! 제게 주어진 운명이 삶인지 죽음인지 알고 싶습니다.

안나 안드레예브나 하지만 용서하세요. 전 아직 무슨 뜻인지 전혀 모르겠군요. 제가 혹 잘못 안 건지 모르지만, 당신께선 제 딸을 두고 말씀하시는 게 아닙니까?

흘레스타코프 아닙니다! 난 당신을 사랑하고 있습니다. 내 목숨은 한 올의 머리카락에 매달려 있습니다. 만일 당신이 내 영원한 사랑을 받아 주지 않는다면 난 더 이상 지상에 존재할 가치가 없습니다. 이 가슴의 뜨거운 불길! 당신의 손길을 바라고 있습니다.

안나 안드레예브나 하지만 저에게 어떤 면에서 …… 전 남편이 있는 몸입니다.

흘레스타코프 그게 무슨 상관입니까! 사랑엔 차별이 없는 겁니다. "법이 심판하리라."[43]라고 카람진도 말했습니다. 둘이서 자연의 품속으로 들어가 버리면 그만입니다 …… 자, 당신의 손을, 그 사랑스러운 손을 잡게 해 줘요!

---

43) 시인 카람진(Karamzin, 1766~1826) 단편 「보른홀름섬」(1794)에 나오는 시의 일부이다. 흘레스타코프는 이 시의 첫 문장에서 몇 단어만 기억하고 있다.

14장

(앞 장의 사람들)

마리야 안토노브나가 갑자기 뛰어 들어온다.

마리야 안토노브나   엄마, 아빠가 말이에요……. (흘레스타코프가 무릎을 꿇고 있는 걸 보자 놀라 소리 지른다.) 어머나, 이게 웬일이야!

안나 안드레예브나   아니, 넌 뭐야? 무슨 볼일이야? 왜? 이게 도대체 무슨 경망한 짓거리야! 미친 고양이처럼 갑자기 뛰어 들어오다니! 그래, 무얼 보았다고 그렇게 호들갑이니? 도대체 넌 무슨 생각을 하는 거야? 정말로 세 살 먹은 어린애 같잖아. 그러고서도 열여덟 살이나 먹은 처녀랄 수가 있어? 나잇값을 좀 해라. 정말 언제쯤이면 철이 들고 양갓집 처녀답게 행동거지를 한다지? 언제쯤이나 품위 있고 조용한 몸가짐을 하게 되는지…….

마리야 안토노브나   (울면서) 엄마, 난 정말로 몰랐어요…….

안나 안드레예브나   네 머릿속엔 언제나 지나가는 바람 같은 게 불고 있어. 넌 랴프킨탸프킨 판사의 딸을 닮고 있다고. 어쩌자고 그런 사람을 닮는 거지? 그런 사람들을 닮을 필요는 없어. 너에겐 본받을 사람이 따로 있어. 이 어미를 본받으란 말이다. 네가 따라야 할건, 바로 그런 본보기야.

홀레스타코프 (딸의 손을 붙잡으면서) 안나 안드레예브나 어머님! 우리들의 행복을 반대하지 마십시오. 영원한 사랑을 축복해 주십시오!

안나 안드레예브나 (깜짝 놀라면서) 그럼 당신이 딸에게……?

홀레스타코프 삶이냐 죽음이냐 결정을 내려 주십시오.

안나 안드레예브나 아니, 이 맹추야. 너 같은 망나니 때문에 손님께서 무릎을 꿇고 계시잖아. 그런데도 넌 미치광이처럼 갑자기 뛰어 들어오고 있으니 말이야. 아무래도 나는 정말로 거절해야 되지 않겠니? 너 같은 건 그런 행복을 받을 자격이 없어.

마리야 안토노브나 이제 그러지 않겠어요, 엄마. 정말로 앞으론 그러지 않을게요.

15장
(앞 장의 사람들과 숨을 헐떡거리는 시장)

시장 각하! 살려 주세요! 살려 주십시오!

홀레스타코프 무슨 일인가요?

시장 저기 장사꾼들이 각하께 탄원했다고요. 명예를 걸고 확신하는데, 그 녀석들이 말씀드린 건 그 절반도 사실이 아닙니다. 오히려 그 녀석들이 사기를 치고, 국민을 속이는 겁니다. 하사의 마누라는 제가 채찍으로 그녀를 때린 것처럼 고자질을 했

습니다. 그 여자는 새빨간 거짓말을 합니다, 정말
로 거짓말을 하고 있는 겁니다. 그 여자는 자기가
자기 몸을 채찍으로 때린 겁니다.

흘레스타코프 하사의 마누라가 무슨 상관이오? 내가 그녀를 알
게 뭡니까!

시장 믿지 마십시오, 믿지 마세요! 그놈들은 형편없는
거짓말쟁이들이에요…… 요만한 꼬마들도 그놈
들을 믿지 않습니다. 그놈들이 거짓말쟁이란 건
시내가 다 압니다. 또 교활하기로는 세계에서 둘
째가라면 서운해할 만큼 사기꾼들입니다.

안나 안드레예브나 여보! 이반 알렉산드로비치께서 저희들에게
어떤 영광을 주셨는지 아세요? 우리 딸에게 청혼
을 하셨어요.

시장 아니, 뭐라고! 여보, 정신 나갔군! 각하, 제발 화
내지 말아요. 이 사람이 약간 머리가 이상할 때도
있습니다. 장모님도 그랬습니다.

흘레스타코프 아닙니다, 나는 정말로 청혼을 했습니다. 난 따님
과 사랑에 빠졌습니다.

시장 이거 도무지 믿기지가 않네요, 각하!

안나 안드레예브나 하지만 그렇다고 말씀하시잖아요!

흘레스타코프 시장님에게 농담하고 있는 게 아닙니다…… 사랑
때문에 난 미칠 것 같습니다.

시장 도무지 믿기지가 않는군요. 전 그런 영광을 받을
자격이 없습니다.

흘레스타코프   만일 시장님께서 마리야 안토노브나와의 결혼을 승낙하지 않으신다면, 제가 무슨 짓을 할지 모릅니다…….

시장   믿을 수 없습니다. 농담이시겠죠, 각하!

안나 안드레예브나   아, 정말 저렇게 말귀를 못 알아듣는담. 그만큼 알아듣게 말씀하시는데도!

시장   믿을 수 없습니다.

흘레스타코프   용서하십시오, 용서하세요! 난 성미가 급한 사람이라 무슨 짓을 저지를지 모릅니다. 만약 제가 자살이라도 하면 시장님은 법정에 서야 한다고요.

시장   아, 어떻게 하면 좋지! 정말이지 저는 몸도 마음도 죄가 없습니다. 제발 화를 내지 말아 주십시오! 각하께서 좋으실 대로 하십시오! 제 머릿속이 지금…… 어떻게 된 건지 정말로 저 자신도 모르겠습니다. 아직까지 한 번도 그런 적이 없었을 정도로 바보가 되어 버렸습니다.

안나 안드레예브나   자, 축복하세요!

흘레스타코프는 마리야 안토노브나와 함께 시장에게 다가간다.

시장   하느님의 축복이 있기를. 그렇지만 난 죄가 없습니다.

흘레스타코프가 마리야 안토노브나에게 키스한다. 시장이 그들을 바라본다.

시장   정말로! 이게 도대체 어떻게 된 거야! (눈을 비빈
다.) 키스를 하고 있네! 아, 세상에 키스를 하고 있
잖아! 결혼할 게 확실해. 이젠 진짜 내 사위야!
(기뻐서 팔짝팔짝 뛰며 외친다.) 옳거니, 역시 안톤
이야! 암, 내가 잘했지! 아, 역시 시장답다! 일이
너무 잘됐어!

16장
(앞 장의 사람들과 오시프)

오시프   마차가 준비됐습니다.

흘레스타코프   아, 좋아…… 곧 나가지.

시장   네? 어디로요? 떠나시려고요?

흘레스타코프   네, 가 볼 데가 있어요.

시장   그럼 언제 떠나십니까? 각하께서 직접 금방이라
도 결혼하실 뜻을 비치셨는데?

흘레스타코프   아, 그것은…… 잠깐…… 하루 동안만 큰아버님
께 다녀올까 합니다. 부자 영감님이시죠. 내일이
면 돌아옵니다.

시장   억지로 붙잡진 않겠습니다. 무사히 다녀오시길 바
랍니다.

흘레스타코프 염려 마십시오. 곧 돌아오겠어요. 안녕, 내 사
랑…… 아니, 말로는 다 표현할 수가 없습니다!
안녕, 사랑스러운 여인! (그녀의 손에 키스한다.)

시장 도중에 뭐 필요한 건 없으신가요? 돈이 필요할 것
같은데요?

흘레스타코프 아, 아닙니다. 돈은 뭣 하게요? (잠시 생각하면서)
하지만 뭐 좋습니다.

시장 얼마쯤이면 충분하시겠습니까?

흘레스타코프 그러니까 그때 200루블을 주셨죠. 아니, 200루블
이 아니라 400루블이었죠. 난 당신의 실수를 이
용하고 싶진 않습니다. 그러니까 이번에도 그 정
도만, 800루블 정도 되게.

시장 당장에라도! (지갑에서 꺼낸다.) 마침 아주 새 돈이
있군요!

흘레스타코프 아, 그래요! (지폐를 받아 살펴본다.) 이거 좋은데
요. 새 돈을 받으면 새로운 행운이 온다잖아요.

시장 그렇습니다.

흘레스타코프 안톤 안토노비치 시장님, 안녕히 계세요. 여러 가
지로 신세를 많이 졌습니다. 진심으로 감사합니다.
솔직히 말해 어디에서도 이런 융숭한 대접을 받은
적이 없습니다. 안나 안드레예브나 어머님! 안녕!
안녕! 사랑스러운 내 여자 마리야 안토노브나!

전원 퇴장한다.

막 뒤에서

흘레스타코프의 목소리 잘 있어요, 내 마음의 천사 마리야 안토
노브나!

시장의 목소리 아니, 이거 어떻게 된 겁니까? 내내 역마차로 가
시는 겁니까?

흘레스타코프의 목소리 그렇습니다. 늘 이걸 타 버릇해서 스프링
이 달린 마차는 머리가 아파요.

마부의 목소리 쯧, 쯧······.

시장의 목소리 그래도 최소한 뭔가는 깔아야지요. 융단이라도
말이에요. 어떻게 하시겠어요, 융단을 가져오라고
할까요?

흘레스타코프의 목소리 아니에요, 필요 없습니다. 뭐 정 그러시다
면 융단을 가져오라 하시지요.

시장의 목소리 압도티야! 어서 광에 가서 제일 좋은 융단을 가져
오너라. 하늘색 페르시아산 융단 말이야. 빨리!

마부의 목소리 쯧, 쯧······.

시장의 목소리 언제쯤 돌아오시는 걸로 알고 있을까요?

흘레스타코프의 목소리 내일이나 모레.

오시프의 목소리 그거 융단 아니야? 이리 가져와, 이렇게 깔아!
이쪽엔 마른풀을 깔아 주고.

마부의 목소리 쯧, 쯧······.

오시프의 목소리 이봐, 이쪽이야! 이리! 조금 더! 그래, 이만하면
훌륭하군! (손으로 융단을 툭툭 친다.) 자, 앉으시

죠, 각하!

흘레스타코프의 목소리 안녕히 계세요, 안톤 안토노비치 시장님!

시장의 목소리 잘 가세요, 각하!

여자들의 목소리 안녕히 가십시오, 이반 알렉산드로비치 장군님!

흘레스타코프의 목소리 안녕, 장모님!

마부의 목소리 이랴, 이랴, 잘 부탁한다!

방울 소리가 울리고, 막이 내린다.

5막

같은 방.

1장

(시장, 안나 안드레예브나, 마리야 안토노브나)

시장 어때, 여보, 안나 안드레예브나. 어쨌거나 이런 일을 생각이나 해 봤어? 이건 대단한 횡재야, 아주 잘됐어! 그래 솔직히 말해 봐. 당신은 꿈도 꾼 적이 없을 거야. 솔직히 말해 그저 지방의 시장 부인에 불과했는데, 갑자기…… 푸! 당신! 잘됐어……! 별 이상한 녀석과 친척이 될 줄이야!

안나 안드레예브나 전혀 그렇지 않아요. 난 이미 오래전부터 이

릴 줄 알고 있었다고요. 당신에겐 이 일이 이상하
겠죠. 그건 당신이 훌륭한 사람들을 한 번도 만
난 적 없는 보통 사람이라서 그래요.

시장 이봐! 나도 제법 훌륭한 인간이야. 그렇지만 정말
로 한번 생각해 봐. 여보! 안나 안드레예브나! 지
금 우리는 큰 새가 된 거라고! 여보, 안나 안드레
예브나! 그렇지 않아? 하늘 높이 날아 보는 거야!
제기랄! 가만 있자. 이제 진정서와 밀고장 내기 좋
아하는 놈들을 모두 혼내 줘야지. 어이, 거기 누
구 없나?

경찰이 들어온다.

시장 아, 자네군. 이반 카르포비치! 그 장사꾼 놈들을
이리로 불러와. 그 악당들을 아주 혼내 줘야겠어!
그래, 나를 고소하다니! 저주받을 유대인 놈들!
이 녀석들 어디 두고 보자! 전에는 그래도 사정을
봐줬지만 이번엔 따끔한 맛을 보여 주겠어. 나를
탄원하러 왔던 놈들만 모두 적어 놓자. 특히 누구
보다도 청원서를 교묘하게 써준 엉터리 작가 놈
들, 그놈들부터 적어 놓게. 그리고 모두 알아들을
만큼 얘기해 놓게! 하느님이 얼마나 큰 영광을 시
장한테 내려 주셨는지를 말이야. 그냥 평범한 인
물이 아니라, 이 세상에 아직까진 없었고, 무슨

일이든지 할 수 있는 그런 분에게 내 딸을 시집보
낸다고 말이야! 모두 알아들을 만큼 잘 이야기해
주게. 모든 사람들에게 외쳐 대고, 종을 울리게.
빌어먹을! 축하를 하려면 실컷 축하해야지!

경찰이 퇴장한다.

시장   그건 그렇고, 어떻게 하지, 여보 안나 안드레예브
        나? 이제 우리는 어떻게 하지? 어디서 살게 될까?
        여기서? 아니면 페테르부르크에서?
안나 안드레예브나   당연히 페테르부르크에서 살아야죠. 어떻게
        여기에 남아 있을 수 있겠어요!
시장   맞아, 페테르부르크에서 살아야 한다면, 거기도
        좋지. 하지만 여기가 더 좋을 수도 있어. 뭐야! 그
        럼 그땐 시장도 그만둬야지. 응, 여보! 안나 안드
        레예브나?
안나 안드레예브나   당연하죠. 시장이 무슨 소용 있어요!
시장   그런데 여보, 안나 안드레예브나! 당신은 어떻게
        생각해? 이젠 큰 관리직 하나쯤은 따 놓은 거잖
        아. 그 사람은 대신들과도 모두 친하니까 연줄로
        승진하다 보면 장군도 될 거야. 여보 안나 안드레
        예브나, 당신 생각은 어때, 장군이 될 수 있을까?
안나 안드레예브나   물론이죠! 물론 될 수 있지요.
시장   아, 제기랄. 장군이 되면 그야 영광이지! 어깨에다

훈장의 술을 길게 늘어뜨리고…… 그런데 안나 안드레예브나, 어떤 훈장 띠를 두르는 게 더 좋을까? 붉은색, 아니면 하늘색?[44]

안나 안드레예브나 그야 물론 하늘색이 더 좋죠.

시장 뭐? 무슨 말을 하는 거야! 붉은 것도 좋지. 그런데 왜들 장군이 되고 싶어 하는 줄 알아? 어디를 가든 파발꾼들과 부관들이 먼저 뛰어 나가 "말을 가져와!" 하기 때문이지. 역참에서 말을 주지 않으니까 모두들 언제까지고 기다릴 수밖에. 모두 9등관, 대위, 시장 들이지만 나는 돌아보지도 않을 거란 말씀이야. 그리고 어딘가 도지사의 집에 가서 점심을 먹게 되면 "시장! 거기 서 있어." 하고 말하면 되지. 헤, 헤, 헤! (큰 소리로 웃다가 자지러진다.) 어때, 유혹적이잖아!

안나 안드레예브나 당신은 언제나 그런 상스러운 짓을 좋아하죠. 생활도 다 바꿔야 하고, 알게 될 사람들도 당신이 함께 토끼 사냥이나 다니는 그런 개에 미친 판사라든가 병원장 제믈랴니카와는 다르다는 것을 기억해야 돼요. 당신이 알게 될 사람들은 사교가 능숙한 백작들과 모든 상류 사회의 사람들이 될 테니까요…… 난 정말 당신이 걱정돼요. 당신은 상

---

44) 푸른색은 성 안드레이 훈장으로 러시아 훈장 중에서 급이 가장 높다. 붉은색은 그보다 한 단계 낮은 것으로 알렉산드르 넵스키 훈장을 말한다.

류 사회에선 쓰지도 않는 말을 쓰잖아요.

시장　뭐라고? 말버릇 따윈 별로 탓할 필요 없어!

안나 안드레예브나　그야 시장 노릇할 땐 상관없어요. 하지만 그곳 생활은 완전히 다르다고요.

시장　그래, 거기엔 뭐 라푸시카와 코류시카라는 생선이 있다더군. 그런 생선은 입에 넣자마자 침이 질질 흐를 정도로 맛이 좋다는 거야.

안나 안드레예브나　당신은 웬 생선 이야기만 해요! 우리 집은 수도에서 최고라야 해요. 그게 아니면 난 싫다고. 이렇게 눈을 감지 않고선 내 방으로 들어오지 못할 만큼 향내가 진동해야 돼요. (눈을 감고 냄새를 맡는다.) 아, 얼마나 좋을까!

2장
(앞 장의 사람들과 장사꾼들)

시장　아! 안녕하시오, 여러분!

장사꾼들　(정중하게 인사하면서) 안녕하십니까, 나리!

시장　여러분, 살기 어때요? 장사는 잘되나? 이 사모바르[45] 장수, 포목 장수야, 왜 탄원서를 냈지? 이 사기꾼들아, 이 악당들아, 해적 놈들아! 고소를 해?

---

45) 러시아 가정에서 물 끓이는 데 사용하는 주전자이다.

그래, 그래서 뭐 좋은 일이라도 있었어? 이제 저놈
도 감옥에 가겠거니 생각했겠지……! 이 녀석들
아, 알겠어! 이 악마들아. 바보, 천치 들아…….

안나 안드레예브나 아, 여보, 안토샤! 당신 무슨 말씀을 그렇게
함부로 하세요!

시장 (불만인 채로) 아니, 지금 이런 판에 말버릇이 문
제야! 네놈들이 그 관리한테 탄원했지? 바로 그
분이 이번에 내 딸과 결혼한다! 어때? 응? 자, 이
젠 뭐라고들 할 거냐? 이번엔 내가 네놈들을……
우……! 네놈들은 세상을 속이고 있어…… 네놈
들은 반쯤 썩은 나사를 관청에 납품하고 10만 루
블을 사기 쳤지. 그러고서 나한테 20아르신쯤 갖
다 바쳐 놓고는, 아니, 그래 상까지 달라는 말이
냐? 만일 들통 나는 날엔 네놈들이 어떻게 되는
지 알아? 뭐야, 그게? 배때기를 쑥 내밀고 "나는
장사꾼이다. 나를 건들지 마라. 우리들도 귀족에
게 양보하지 않는다." 하고 떠들어 댔겠지. 네놈들
이 …… 귀족이라고? 이 못난 녀석들아! 귀족은
학문을 해. 비록 학교에서 매를 맞는다 해도, 그
건 이익이 되는 걸 알기 위해서야. 그런데 네놈들
은 뭐야? 사기부터 배우잖아. '하늘에 계신 우리
아버지'도 모르면서 사기부터 치다니. 배때기가
나오고 호주머니가 두둑해지니 건방 떠는데! 흥,
이 녀석들아, 네놈들 생각엔 너희들이 잘난 것 같

지! 이 녀석들아, 사모바르를 하루에 열여섯 개 만든다고 해서 그렇게 까부는 거야? 우쭐대는 네 놈들의 대가리에다 침을 뱉어 주겠다!

장사꾼들   (굽실거리면서) 안톤 안토노비치 시장님, 잘못했습니다!

시장   탄원을 해? 네놈들의 사기를 도와준 게 대체 누군데! 네놈들이 다리를 세울 때 100루블도 되지 않는 재목을 2만 루블이라고 적어 넣은 걸 눈감아 준 게 나 아니냐? 그 사실을 밝혀서 네놈들을 시베리아로 추방시킬 수도 있다고. 뭐 할 말 있어? 응?

장사꾼 중 한 사람   안톤 안토노비치 시장님! 정말로 잘못했습니다! 저희들이 죽으려고 환장을 했나 봅니다. 앞으로는 절대로 그따위 짓 하지 않겠습니다. 무엇이든지 하라는 대로 하겠으니, 제발 화내지 말고 용서해 주십시오!

시장   화내지 말라고! 지금 네놈들이 내 발밑에서 기고 있잖아. 왜 그런지 알아? 내가 이겼기 때문이야. 하지만 조금이라도 네놈들한테 승산이 있어 봐라, 이 악당들아. 네놈들은 나를 진흙탕 속에다 넣고, 그 위에 통나무를 또 얹을 놈들이야.

장사꾼들   (무릎을 꿇고 절을 한다.) 안톤 안토노비치 시장님! 살려 주십시오.

시장   살려 달라고? 이번엔 살려 달라고! 전에는 무슨 짓을 했는데? 나는 네놈들을……. (한쪽 손을 흔

들고 나서) 그래, 하느님께서 용서해 주실 거다! 됐어! 난 누굴 끝까지 미워하진 않아. 이제 조심해, 알겠나? 난 보통 평범한 귀족에게 딸을 주는 게 아니라고. 그러니 축하하는 의미로…… 무슨 말인지 알지? 괜히 건어물이나 설탕 덩어리 따위로 어물어물 피하려 들면 얘기가 달라져…… 자, 냉큼 꺼져!

장사꾼들이 퇴장한다.

3장
(앞 장의 사람들. 암모스 표도로비치,
아르테미 필립포비치, 라스타콥스키)

암모스 표도로비치 (아직 문간에서) 안톤 안토노비치 시장님! 정말 소문이 맞습니까? 굉장한 행운이 굴러 들어왔다고요?

아르테미 필립포비치 시장님, 진심으로 축하합니다. 그 소식을 듣고 참말로 기뻐했습니다. (안나 안드레예브나의 손에 키스하러 다가가며) 안나 안드레예브나 사모님! 축하합니다! (마리야 안토노브나의 손에 키스하며) 마리야 안토노브나, 축하해!

라스타콥스키 (등장) 안톤 안토노비치 시장님, 축하합니다! 당신과 새신랑과 신부의 장수와 아울러 가문의 번영을 기원합니다. 손자와 증손자까지! 안나 안드레예브나 사모님! 축하합니다! (안나 안드레예브나의 손에 키스하러 다가간다.) 마리야 안토노브나, 축하해! (마리야 안토노브나의 손에 키스하러 다가간다.)

4장
(앞 장의 사람들. 코롭킨 부부와 률류코프)

코롭킨   안톤 안토노비치 시장님, 안나 안드레예브나 사모님, 축하합니다! (안나 안드레예브나의 손에 키스하러 다가간다.) 마리야 안토노브나! (그녀의 손에 키스하러 다가간다.)

코롭킨의 아내   안나 안드레예브나, 정말 잘됐어요. 새로운 행복을 진심으로 축하합니다.

률류코프   축하합니다, 안나 안드레예브나 사모님! (그녀의 손에 키스한 다음 관객에게로 얼굴을 돌리고 용기 있게 입천장을 혀로 찬다.) 마리야 안토노브나! (그녀의 손에 키스하고 역시 용기 있게 관객을 향해 같은 동작을 한다.)

5장

연미복과 프록코트를 입은 많은 손님들이 먼저 안나 안드레예브나의 손에 키스하고 "안나 안드레예브나, 축하합니다!" 하고 말한 다음 "마리야 안토노브나, 정말 축하해요!"라고 말하면서 마리야 안토노브나에게로 다가간다. 그 틈을 보브친스키와 도브친스키가 비집고 나온다.

보브친스키　축하합니다!

도브친스키　안톤 안토노비치 시장님! 축하합니다!

보브친스키　정말 잘됐습니다!

도브친스키　안나 안드레예브나 사모님!

보브친스키　안나 안드레예브나 사모님!

두 사람 동시에 다가가다가 서로 이마를 부딪친다.

도브친스키　마리야 안토노브나! (손에 키스하러 다가선다.) 축하하게 되어 영광이다. 넌 아주 행복하게 살 거야. 황금 옷을 입고 여러 가지 우아한 수프를 먹게 될 거야. 시간 보내기가 아주 재미날 거다.

보브친스키　(말을 가로채면서) 마리야 안토노브나, 축하하게 되어 영광이다! 하느님께서 너에게 온갖 축복을 내려 주시길 빌겠다. 산더미 같은 금화며, 작고 귀여운, 요만해서! (손으로 가리킨다.) 손바닥에 앉힐 수 있는 그런 천사 같은 아기를 내려 주실 거야.
그래! 아기는 응애응애 하고 울겠지……!

6장
(여전히 축하하고 있는 몇 명의 손님들과 루카 루키치 부부)

루카 루키치   축하…….
루카 루키치의 아내   (앞쪽으로 뛰어나온다.) 축하해요! 안나 안드
레예브나 사모님!

서로 키스를 한다.

루카 루키치의 아내   정말로 기뻤어요. 안나 안드레예브나 사모님
이 따님을 시집보낸다는 말을 들었을 때 '정말로,
너무 잘됐다!' 생각하다가, 너무나 기뻐서 남편에
게 "저 여보, 이거 봐요, 안나 안드레예브나 사모
님은 정말로 행복하시겠어요!" 하고 말했지요. 사
모님을 뵙고 축하를 드리고 싶어 안절부절못할
만큼 못 견디게 기뻤답니다! '아, 참 잘됐다! 안
나 안드레예브나 사모님도 따님에게 좋은 신랑감
이 나타나기를 그렇게 기다리시더니 이제야 운이
닿은 거야. 사모님이 바라시던 대로 잘됐어.' 하는
생각이 들자 너무 기뻐서 눈물이 막 나오는 거예

요. 난 울고 또 울고 그냥 막 흐느꼈지요. 그러자 남편 루카 루키치가 "나스홉카! 당신 왜 그렇게 우는 거요?" 하고 물어보기에 "여보 루칸치크, 나도 모르겠어요, 눈물이 그냥 이렇게 강물처럼 마구 흘러내려요." 하고 말했지요.

시장 여러분! 자리에 앉아 주십시오! 이봐, 미시카! 여기 의자를 좀 더 가져와.

손님들이 자리에 앉는다.

7장
(앞 장의 사람들. 경찰서장과 경찰들)

경찰서장 각하, 축하를 드리게 되어 영광입니다. 앞으로 오랫동안 행복을 빌겠습니다!

시장 고맙소, 고맙소! 자, 여러분, 앉으세요.

손님들이 앉는다.

암모스 표도로비치 안톤 안토노비치 시장님! 이 모든 게 어떻게 된 일인지…… 말하자면 이 일의 자초지종을 좀 말씀해 주시지요.

시장 그게 참으로 특별해. 먼저 그분이 직접 청혼을 하신 거야.

안나 안드레예브나 정말 점잖고 가장 우아한 방법으로 청혼하셨
죠. 얼마나 훌륭하게 말씀하셨다고. "안나 안드레
예브나 사모님! 난 다만 사모님의 가치를 존경하
기 때문에……."라고 하지 않겠어요? 게다가 또
얼마나 학력이 좋고 훌륭한 분인지 더할 나위 없
이 고상한 생각을 하고 계신다니까요! "안나 안드
레예브나 사모님! 저를 믿어 주시겠습니까? 제 목
숨은 1코페이카의 가치조차 없습니다. 사모님의
보기 드문 인격을 존경하기 때문에."라고 말씀하
시는 거예요.

마리야 안토노브나 어머나, 엄마! 그 말은 내게 한 거야.

안나 안드레예브나 가만히 있어. 넌 아무것도 모르잖아. 자기 일
도 아닌데 나서는 게 아니야! "안나 안드레예브나
사모님, 전 너무 놀라서……." 아무튼 그런 칭찬
의 말을 늘어놓지 않겠어요…… 그래서 내가 "저
희들은 절대로 그런 영광을 바라지 않습니다." 하
고 말씀드리려고 하는데, 갑자기 그분께서 무릎
을 꿇으시더니 아주 점잖은 태도로 "안나 안드레
예브나 사모님, 제발 저를 불행한 인간으로 만들
지 말아 주십시오! 제 감정을 받아들인다고 말씀
해 주십시오. 그렇지 않으면 전 죽음으로써 제 인
생을 끝내겠습니다."라고 하시더군요.

마리야 안토노브나 엄마, 정말이에요. 그건 그분이 나한테 한 말

이에요.

안나 안드레예브나 그래, 물론…… 너한테도 그렇게 말했겠지. 누가 아니라고 했니!

시장 그래서 정말로 깜짝 놀랐어요. 갑자기 자살을 한다고 하잖아요. "자살하겠습니다. 죽을 겁니다!" 하고 말이야.

대부분의 손님들 설마!

암모스 표도로비치 농담 같아!

루카 루키치 이건 정말로 운명이야.

아르테미 필립포비치 여보게, 그건 운명이 아니야. 운명은 칠면조처럼 변하는 거야. 시장님의 공으로 그렇게 된 거라고. (방백) 이런 돼지 같은 놈의 입에 왜 항상 행복이 기어 들어가는지!

암모스 표도로비치 안톤 안토노비치 시장님! 시장님과 흥정하던 그 개를 팔겠습니다.

시장 아니, 내가 지금 개들까지 신경 쓰게 됐어?

암모스 표도로비치 그래요, 싫으시다면 다른 개를 흥정하시지요.

코롭킨의 아내 아, 안나 안드레예브나 사모님, 정말로 행복해하시니 저까지 얼마나 기쁜지 모르겠어요! 미처 상상도 못 하셨을 거예요.

코롭킨 근데 그 손님은 지금 어디에 계신가요? 무슨 볼일이 있어서 떠나셨다고 들었습니다만.

시장 그래요, 아주 중요한 용무가 있어서 하루 예정으로 잠시 떠났소.

안나 안드레예브나 축복을 받으러 백부님한테 가셨죠.

시장 그래, 축복을 받으러 가셨어. 하지만 내일쯤……. (재채기를 한다.)

축하의 말들이 합쳐져 왁자지껄한 소리가 난다.

시장 다들 아주 고마워! 하지만 내일이면……. (재채기를 한다.)

축하 인사의 웅성거림 속에서 사람들의 목소리가 들린다.

경찰서장의 목소리 각하! 건강을 빕니다.
보브친스키의 목소리 백 살까지 사시고 금화 한 가마니를 얻으시길!
도브친스키의 목소리 1600살까지 사십시오!
아르테미 필립포비치의 목소리 네놈은 죽어야지!
코롭킨의 아내 목소리 제기랄!
시장 정말로 고마워요! 여러분도 모두 그렇게 되길 바랍니다.
안나 안드레예브나 근데 우리는 이제 페테르부르크에서 살 생각이에요. 여긴 정말이지 공기가 그…… 너무 촌스러워요……! 사실 굉장히 불쾌해요…… 그리고 또 주인어른도…… 거기서 장군이 될 테니까.
시장 그래요. 여러분, 제기랄, 솔직히 말해서, 난 장군이 되고 싶소.

루카 루키치 그렇게 되시기를 빕니다!

라스타콥스키 인간의 힘으로는 불가능하지만, 하느님의 힘으론 가능할 겁니다.

암모스 표도로비치 큰 배엔 큰 바다가 필요하죠.

아르테미 필립포비치 명예도 공적에 따라 얻어지죠.

암모스 표도로비치 (방백) 실제로 장군이 되면, 가관일 거야! 저런 놈이 장군이 된다면, 그야말로 암소 등에 안장을 맨 격이지! 어림없는 얘기지. 세상엔 네놈보다 더 훌륭한 사람이 쌓이고 쌓였지만, 아직까지 장군이 되지 못하고 있어.

아르테미 필립포비치 (방백) 흥, 제기랄. 벌써 장군이 다 된 기분인가 보군! 어쩌면 장군이 될는지도 모르지. 사실 그놈은 대단히 중요한 사람 같아 보였거든. 귀신이 잡아가지도 않나? 그래도 싼데 말이야. (그에게로 얼굴을 돌리면서) 안톤 안토노비치 시장님! 그땐 우리들도 잊지 마십시오.

암모스 표도로비치 이를테면…… 뭐 공무상 사람이 필요하다든지 하면 생각해 주십시오!

코롭킨 내년엔 자식 놈을 나라를 위해 수도로 올려 보낼까 하는데 이 아비를 봐서라도 잊지 마시고 잘 돌봐 주십시오.

시장 그건 나도 알아. 언제라도 힘써 드리지.

안나 안드레예브나 여보 안토샤! 당신은 언제나 무턱대고 약속

하는 게 탈이에요. 무엇보다 당신에게 그런 걸 생
각할 시간이 어딨어요. 도대체 그런 약속을 왜 하
시는 거죠?

시장 내 사랑, 왜? 종종 할 수 있지.

안나 안드레예브나 물론 할 순 있죠. 하지만 시시한 모든 사람들
을 하나하나 도와줄 수는 없잖아요.

코롭킨의 아내 여러분, 들으셨죠? 저 여자가 우리를 어떻게 취급
하는지?

여자 손님들 그래요, 저 여자는 항상 저래. 난 저 여자를 알아
요. 저 여자를 식탁에 앉혀 봐요. 자기 발을 식탁
위에 올려놓을 여자예요…….

8장

(앞 장의 사람들과 뜯어진 편지를 손에 들고 허둥대는 우체국장)

우체국장 놀라운 일입니다. 여러분! 우리가 검찰관으로 알
았던 관리가 검찰관이 아닙니다.

일동 뭐 어째? 검찰관이 아니라고?

우체국장 검찰관이 아닙니다. 이 편지에서 그 사실을 알아
냈습니다…….

시장 무슨 말이야? 도대체 무슨 말이야? 무슨 편진데?

우체국장 그놈이 직접 쓴 편지입니다. 우리 우체국으로 가
져온 편지입니다. 주소를 보았더니 '포치탐트스카

야 거리'잖아요. 너무 놀라 정신이 멍해지더군요. '그래, 이건 틀림없이 뭔가 우편 질서 문란을 발견 해서 그걸 당국에 보고하는 거야.' 하는 생각이 들더라고요. 그래서 그걸 슬쩍 뜯어보았지요.

시장   자네가 어떻게⋯⋯?

우체국장   나도 모르겠어요. 뭔가 이상한 힘이 느껴졌어요. 처음엔 빠른우편으로 보내려고 파발꾼까지 불렀 죠. 그런데 아직까지 한 번도 느껴 보지 못한 호 기심이 저를 압도해 버렸어요. 할 수 없다, 할 수 없다! 참을 수 없다는 소리가 들린 겁니다! 자꾸 자꾸 끌리는 거예요! 한쪽 귀에선 "뜯어만 봐라! 자네도 암탉 모가지처럼 날아간다."라는 소리가 들리는가 하면, 다른 한쪽에선 "뜯어라, 뜯어, 뜯 어!" 하고 악마가 속삭이잖아요. 그래서 봉인을 뜯었을 때엔 불이 혈관을 따라 흐르는 것 같았습 니다. 봉투를 열 때는 정말로 온몸이 오싹했습죠. 정말로 오싹했어요. 손은 부들부들 떨리고, 모든 게 흐릿해져 버렸습니다.

시장   그런데 자네는 어떻게 그런 특명을 받은 귀하신 분의 편지를 감히 뜯을 수 있었지?

우체국장   바로 그겁니다. 그자는 특명을 받지도 않았고 귀 하신 인물도 아닙니다.

시장   그렇다면, 당신 말대로라면 도대체 뭔데?

우체국장   이것도 저것도 아닙니다. 그놈이 뭐 하는 놈인지 알게 뭡니까!

시장 (버럭 화를 내며) 뭐, 이것도 저것도 아니라고? 자네가 감히 어떻게 그분을 아무것도 아니라고 말할 수 있나? 게다가 뭐 하는 놈인지 알 게 뭐냐고? 자네를 체포하겠어…….

우체국장 누가요? 당신이?

시장 그래, 내가!

우체국장 손이 미치지 못할 텐데요.

시장 그분께서 내 딸과 결혼한다는 걸 알고 하는 소린가? 나도 귀족이 된단 말이야! 난 자네를 시베리아로 추방할 권리를 갖고 있어!

우체국장 뭐요? 안톤 안토노비치! 시베리아라고요? 시베리아는 멀죠. 여러분, 아무래도 내가 이 편지를 읽어 드리는 편이 낫겠습니다. 편지를 읽을까요?

일동 읽어요! 읽어요!

우체국장 (읽는다.) "내 친구 트랴피치킨에게, 내게 너무 이상한 일이 일어나 자네에게 서둘러 알리네. 여행 도중에 어떤 보병 대위에게 잘못 걸려들어 여비를 몽땅 털렸지. 그러자 여관 주인이 나를 감옥에 처넣으려고 하는 거야. 그때 갑자기 페테르부르크 티가 나는 내 용모와 옷차림 때문에, 글쎄, 도시 전체가 나를 검찰관으로 착각한 것일세. 그래서 나는 지금 시장의 집에서 지내게 됐고, 빈둥거리면서 그자의 아내며 딸과 놀아나고 있지. 어느 쪽부터 시작할까 결정하지 못했어. 어머니 쪽부터 먼저 손대려 생각하네. 왜냐하면 그녀는 지금 당장이라도 무슨 일이건 시중을 들어줄 것 같기 때문일세. 언젠가 우리가 배가 고파 공짜로 식사했던 일을 기억하고 있겠지? 그때 우리가 파이를 먹고 나서 돈은 영국 국왕이 낼 것이라고 말했다가 빵집 주인이 내 멱살을 잡은 것도 기억하나? 이번엔 완전히 그 반대야. 모두들 원하는 만큼 돈을 마구 꿔 주지 않겠나? 정말로 이상야릇한 친구들일세. 자네 같으면 우스워 죽었을 걸세. 자네가 글을 쓰고 있다는 걸 내가 알잖나. 이자들을 자네 글에 한번 써 보게. 첫째로, 시장은 거세당한 말처럼 지독히 어리석고…….."

시장　그럴 리 없어! 그런 건 거기에 없어.

우체국장　(편지를 가리키며) 직접 읽어 보시죠.

시장　(읽는다.) "거세한 말 같은 사람." 그럴 리 없어! 이거 자네가 직접 쓴 거지?

우체국장　제가 그런 걸 어떻게 써 넣어요?

아르테미 필립포비치　계속 읽어 보게!

루카 루키치　읽으시오!

우체국장　(계속해서 읽으며) "시장은 거세당한 말처럼 어리석고……."

시장　망할 놈! 다시 반복할 게 뭐야! 꼭 그래야 하나?

우체국장　(계속해서 읽으며) 흠……　흠…… . "거세당한 말. 우체국장이란 작자는 역시 선량한 인간으로……." (읽기를 멈추고) 아니, 그 녀석이 나에 대해서도 버릇없게 늘어놓았군.

시장 어서 읽기나 해!

우체국장 읽어서 뭐 하게요……?

시장 이런 망할 놈 같으니. 기왕 읽기 시작한 것이니 끝까지 읽어! 다 읽어!

아르테미 필립포비치 어디 내가 읽지. (안경을 쓰고 읽는다.) "우체국장은 중앙청의 수위 미헤예프와 똑같아. 이 친구 역시 비열한 놈이고 술꾼임에 틀림없다네."

우체국장 (관객을 향하여) 아니, 나쁜 새끼 같으니라고! 그런 녀석은 채찍으로 후려갈겨 줘야 돼. 그 이상 좋은 건 없다고!

아르테미 필립포비치 (읽기를 계속하면서) "자선 병원장은…… 그리고…… 그리고…… 그리고……." (더듬거린다.)

코롭킨 그런데 왜 멈추는 거요?

아르테미 필립포비치 그게 아니라, 글씨가 읽기 나빠서…… 하지만 그자가 쓸모없는 놈이라는 건 분명해.

코롭킨 이리 주게! 내 눈이 더 나을 거야. (편지를 잡는다.)

아르테미 필립포비치 (편지를 주지 않으려 하면서) 안 돼, 여긴 그냥 넘기면 돼. 그다음은 보기 좋게 선명한걸.

코롭킨 자, 봅시다. 내가 다 알아요.

아르테미 필립포비치 읽을 거면 내가 직접 읽겠소. 뒤에는 정말로 다 선명해.

5막

우체국장   아니야, 다 읽게! 앞쪽은 다 읽었잖아.

일동   이리 줘. 아르테미 필립포비치 병원장! 편지를 내
놓으란 말이야! (코롭킨에게) 당신이 읽어 보게!

아르테미 필립포비치   당장에. (편지를 건넨다.) 바로 여기……. (손
가락으로 가린다.) 여기서부터 읽어 주게.

모든 사람들이 그에게 다가간다.

우체국장   읽어 보게, 읽어 봐! 쓸데없는 짓 하지 말고, 모조
리 다 읽어 보게!

코롭킨   (읽으면서) "자선 병원장 제믈랴니카는 꼭 돼지가
벙거지를 쓴 꼴일세."

아르테미 필립포비치   (관객을 향하여) 세상에 그런 말이 어디 있
어! 돼지가 벙거지를 쓰다니! 벙거지를 쓴 돼지가
도대체 어디 있어?

코롭킨   (계속 읽으면서) "교육감은 썩은 양파 냄새를 풍기
고 있지 뭔가."

루카 루키치   (관객을 향하여) 난 양파 따윈 입에 넣어 본 적도
없어.

암모스 표도로비치   (방백) 다행히도 내 얘긴 없군!

코롭킨   (읽는다.) "판사……."

암모스 표도로비치   이런, 이젠 내 차례인가 보다! (큰 소리로) 여
러분, 이 편지는 너무 길군요. 이런 종이 쓰레기를
읽는다는 건 완전히 시간 낭비야.

루카 루키치   아니야!

우체국장   아니야, 어서 읽게!

아르테미 필립포비치   그렇지 않아, 어서 읽어!

코롭킨   (계속한다.) "판사 랴프킨탸프킨은 최고의 '모베
통[46]'이라네……." (읽기를 멈추고) 이건 틀림없이
프랑스어일 거야.

암모스 표도로비치   무슨 뜻인지 알 수가 있어야지! 그냥 사기꾼
정도라면 또 몰라도. 하긴 어쩌면 더 나쁠 수도
있지.

코롭킨   (읽기를 계속한다.) "그러나, 모두 친절하고 선량한
사람들일세. 그럼 안녕. 내 친구 트랴피치킨! 나도
자네를 본받아 문학에 종사하고 싶네. 여보게! 이
제 이렇게 사는 것도 싫증이 났어. 결국은 마음의
양식을 원하게 되는군. 이제 정말로 뭔가 고상한
일을 해야 할 것 같아. 사라토프로 답장을 주게.
포드카틸로프카 마을로 말일세. (편지를 뒤집어 주
소를 읽는다.) 상트페테르부르크 시 포치탐트스카
야 거리 97번지, 뜰 안쪽, 3층 오른쪽, 이반 바실
리예비치 트랴피치킨 귀하."

부인 가운데 한 사람   정말 뜻밖의 질책이야!

시장   아, 이거 정말 완전히 당했군! 망했어, 망했어, 완
전히 망했어! 아무것도 보이지 않아. 사람 얼굴

---

46) 코롭킨은 '악취미'를 뜻하는 프랑스어 'mauvais ton'을 발음하고 있다.

대신 돼지 코 같은 것만 보여. 다른 아무것도 안 보여…… 붙잡아 와, 그놈을 당장 붙잡아 와! (손을 내젓는다.)

우체국장   어떻게 붙잡아 온단 말이오! 신경 쓴답시고 일부러 역장에게 가장 좋은 삼두마차를 내주라고 명령했는데. 귀신한테 홀려서 그렇게 하라고 명령했지 뭐예요.

코롭킨의 아내   아니, 이게 무슨 난리야!

암모스 표도로비치   여러분! 제기랄, 그 망할 놈이, 그놈이 나한테서 300루블을 꿔 갔어요.

아르테미 필립포비치   나한테서도 300루블을 꿔 갔는데!

우체국장   (한숨을 쉰다.) 오! 나도 300루블을 꿔줬습니다.

보브친스키   저는 표트르 이바노비치와 둘이서 65루블을 지폐로 꿔주었습니다. 그랬다니까요!

암모스 표도로비치   (어떻게 해야 할지 몰라 양손을 벌리면서) 여러분, 이게 도대체 어떻게 된 겁니까? 정말 어떻게 우리가 이런 실수를 했단 말입니까?

시장   (자기 이마를 친다.) 어쩌다 내가, 아니 어쩌다 내가? 내가 늙어 빠진 바보지. 멍청한 양 새끼같이, 내가 정신이 나갔어……! 삼십 년이나 근무해 왔지만 장사꾼이건 청부업자건 단 한 놈도 나를 못 속였는데. 난다 하는 사기꾼도 나를 속이진 못했는데…… 세상을 온통 훔치려는 그런 사기꾼들을 모두 낚았지. 도지사 세 사람이나 속여 먹었어……! 도지사가 뭐야! (손을 휙 내젓는다.) 도지사 이야기는 할 것도 없어…….

안나 안드레예브나 하지만 그럴 리가 없어요. 여보 안토샤! 그분께선 마셴카와 약혼까지 했어요…….

시장 (노발대발하여) 약혼을 했다고! 염병할! 엿 먹어라!⁴⁷⁾ 약혼 한번 잘했다! 뻔뻔스럽게도 내게 약혼이니 뭐니 하다니……! (미친 듯이) 자, 보라, 보라, 온 세상 사람들아! 모든 기독교인이여, 모두들 이 시장이 어떻게 바보가 되었는지를 똑똑히 봐라! 나는 바보다, 바보! 늙어 빠진 비열한이다! (주먹으로 자기 자신을 쥐어지른다.) 이놈아, 요 주먹코야! 아니, 그래 그따위 고드름 같은 놈을, 걸레 같은 놈을! 귀하신 분으로 알다니! 그놈은 지금쯤 말방울을 울리며 길을 달려가겠지! 그리고 온 세상에 얘기하고 다니겠지. 웃음거리가 되는 것은 물론이요, 삼류 작가라도 나타나면 그 엉터리 글쟁이 놈은 옳다구나 하고 그 이야기를 코미디에 써먹겠지. 바로 이게 화난단 말이야. 관직도 신분도 용서가 없단 말이야. 모두가 이를 훤히 드러내고 웃으며 박수 치겠지. 뭐가 우습나? 결국은 자기를 보고 웃는 거 아닌가……! 에잇, 당신

---

47) 원문에 나오는 'kukish s maslom'은 '엿 먹어라'라는 의미의 욕에 해당한다.

들은! (분통이 터져 마룻바닥을 발로 찬다.) 이 엉터리 글쟁이 놈들을, 그냥! 우, 삼류 작가 놈들, 저주받을 자유주의자 놈들 같으니! 악마의 씨를 받은 놈들! 네놈들을 모조리 묶어다가 박살을 내고 말겠다. 그리고 악마의 옷 속에다 처넣고 말겠다! 악마의 모자 속에다 처넣고 말겠다……! (주먹을 내밀고 구두 뒤축으로 마룻바닥을 찬다. 잠시 동안 침묵한 후에) 아직까지 제정신을 차릴 수 없어. 하느님께서 벌을 내리시려고 할 때는 이렇게 먼저 이성을 빼앗는가 봐. 아니, 그래 도대체 그 경박한 놈의 어디가 검찰관을 닮았단 말이야? 하나도 없어! 새끼손가락 반만큼도 닮은 데가 없다고! 갑자기 모두가 "검찰관이다! 검찰관이다!" 하면서 난리를 친 거야. 누구야, 도대체 그놈이 검찰관이라고 맨 처음 나발을 불어 댄 놈이? 대답해 봐!

아르테미 필립포비치 (양손을 벌리면서) 도대체 일이 어쩌다 이렇게 됐는지…… 설사 당장 죽인다 해도 설명할 수 없습니다. 무슨 안개 같은 게 사람을 얼빠지게 한 거예요. 귀신한테 홀렸어요.

암모스 표도로비치 누가 먼저 나발을 불어 댔어! 나발을 불어 댄 건 바로 이자들이야! (도브친스키와 보브친스키를 가리킨다.)

보브친스키 아니, 아니에요, 제가 아니에요! 그런 건 생각조차 해 보지 못했어요…….

도브친스키   저는 아무 짓도, 정말로 아무것도······.

아르테미 필립포비치 자네들이야.

루카 루키치 물론이야. 여관에서 미치광이들처럼 달려와 "왔습
니다! 왔습니다! 그리고 돈도 내지 않고 있습니
다······." 하고. 보기는 잘 봤지!

시장   그래, 너희들이야! 이 수다쟁이들. 망할 놈의 거짓
말쟁이들 같으니!

아르테미 필립포비치 자네들의 검찰관과 그 얘깃거리를 갖고 귀
신한테 꺼져 버리게!

시장   온 시내를 쏘다니면서 소란을 피우는 망할 놈의
떠벌이 놈들아! 험담이나 하면서 돌아다니는 꽁
지 빠진 수다쟁이 놈들!

암모스 표도로비치 빌어먹을 망할 놈들아!

루카 루키치 얼간이들아!

아르테미 필립포비치 삿갓버섯같이 천한 놈들!

모든 사람들이 두 사람을 빙 둘러싼다.

보브친스키   정말이에요. 제가 아니에요. 표트르 이바노비치가
그랬습니다.

도브친스키   어, 아니야! 표트르 이바노비치, 자네가 먼저 그랬
잖아······.

보브친스키   아니야, 그렇지 않아. 제일 먼저 그런 소릴 한 건
너야.

마지막 장

(앞 장의 사람들과 헌병)

헌병　특명[48]을 받고 페테르부르크에서 오신 관리께서
여러분을 지금 당장 모셔 오랍니다. 그분은 지금
여관에 계십니다.

이 말은 천둥소리처럼 모든 사람을 놀라게 한다. 부인들의 입에서
일제히 경악의 외침이 터져 나온다. 갑자기 모든 사람들이 위치를
바꾸고 화석처럼 굳어 버린다.

무언(침묵)의 장면

시장은 양팔을 벌린 채 머리를 뒤로 젖히고 중앙에 기둥처럼 서
있다. 오른쪽으로 그의 아내와 딸이 온몸으로 그에게 달려갈 듯한
자세를 취한다. 그들 뒤에서 우체국장이 관객을 향해 의문스럽다는
표정을 짓고 있다. 그 뒤로 교육감 루카 루키치가 가장 순진한 표정
으로 넋을 잃고 서 있다. 그 뒤로 무대 한쪽 끝에서 세 명의 부인들
과 손님들이 시장 가족을 노골적으로 비웃는 표정을 하고 서로 기
대어 서 있다. 시장의 왼쪽으로는 병원장 제믈랴니카가 마치 무엇엔
가 귀를 기울이는 듯 고개를 약간 옆으로 숙이고 있다. 그 뒤로 판사

---

48) 여기서는 차르의 특명을 말한다.

가 양손을 벌리고 거의 땅에 닿을 만큼 상반신을 구부린 채 입술을 움직이는 모습은 마치 "이거 큰일 났군, 유리의 날[49]에 할머니가 웬일이야! 정말이지 뜻밖의 일이야!"라고 말하려는 것 같기도 하고, 휘파람을 불려고 하는 것 같기도 하다. 그 뒤로 코롭킨이 관객을 향해 윙크를 하며 시장에게 신랄한 냉소를 보낸다. 다시 그 뒤로 무대 한쪽 끝에는 쌍둥이 지주 보브친스키와 도브친스키가 서로에게 손을 내밀며 마주 보고 서서 입을 딱 벌리고 눈을 부릅뜨고 있다. 나머지 손님들은 기둥처럼 그냥 서 있을 뿐이다. 거의 일 분 삼십 초가량 모두가 굳어 버린 듯이 그 자세를 유지한다.

막이 내린다.

---

49) 유리의 날(Iurev den')은 구력 11월 26일로 게오르기 유리(Georgii Iurii)를 기념하는 날이다. 옛날에 이날의 전후 일주일간은 농노들이 한 지주에서 다른 지주에게로 옮겨 갈 수 있었다. 그러나 16세기 보리스 고두노프 황제는 유리의 날을 폐지했다. 여기서는 별로 유쾌하지 않은 사태를 언급할 때 사용되는 표현으로, 권리가 박탈되어 없어지는 것을 빗대어 하는 말이다.

고골의 생애와 작품 세계

1 작가의 생애와 작품

1-1 우크라이나 산문 시대

니콜라이 바실리예비치 고골(1809~1852)은 카자크 전통이 살아 숨 쉬는 우크라이나의 시골에서 어린 시절을 보냈다. 어릴 때부터 그는 우크라이나의 풍부한 전통문화를 체험하였으며, 예술과 종교에 관심이 많은 소(小) 귀족의 가정에서 성장하였다. 고골은 사제였던 할아버지와 희곡 작가였던 아버지를 통해 믿음과 예술적 재능을 물려받았고, 어머니를 통해 신앙심을 돈독히 하였다. 할아버지는 여러 가지 전설과 민속 이야기를 들려줄 정도로 민속 문화에 능통하였고, 아버지는 극작가로서 희곡 대본을 쓰고 연출까지 시도해 볼 정도로 연극적 재능이 풍부한 사람이었다. 반면에 어머니 마리야 이바노브나는 몽상적 성격의 여성으로서 정교회 광신도였다. 종교적이면서 의심이 많은 편이었던 어머니는 낳은 아이들이 자꾸 죽자 자기가 다니던 사원의 이름을 따서 니콜라이라는 이름을 고골에게 지어 주었다고 한다.[1] 어릴 때부터 어머니는 아들에게 최후의 심판이나 지옥의 고통을 강조했다고 한다. 이러한 독특한 가정 환경에서 자란 고골은 네진 고등학교[2] 때부터 이미 글쓰기에 재능을 보였다. 시와 산문을 써서 잡지사에 보내기도 하고, 학교 연극에서 우스꽝스러운 노인이나 여자 역을 맡기도 했다.

---

1) 고골의 어머니는 평생을 종교적인 두려움 속에서 보냈다. 고골은 다음과 같이 말한다. "한번은 어머니한테 최후의 심판에 관해 이야기해 달라고 졸랐다. 어머니께서는 어린 저에게 착하게 산 사람들을 기다리는 행복에 대해 아주 이해하기 쉽게 감동적으로 이야기해 주셨다. 또한, 어머니께서는 죄인들의 영원한 고통을 무섭지만 확실하게 인식시켜 주셨다. 어머니의 이야기들은 강한 인상을 남겼고, 제 마음속에 있는 민감한 감정을 일깨워 주셨다. 이것은 후에 제가 가장 고귀한 생각을 할 수 있게 만든 원동력이었다." 고골은 성장하면서 신에 대한 사랑보다는 오히려 공포를 경험하며 살았다. 어머니에 의해 광적으로 묘사된 최후의 심판이 보여 준 무시무시한 광경이 그에게 강한 인상을 남긴 것이다. 그는 약하지만 민감하였고, 정신적으로 균형이 잡히지 않는 아이로 자라면서 불가항력적인 두려움을 느꼈다. 어린 시절부터 고골은 죽음과 내세에서의 형벌을 두려워하였다.

2) 고골은 1821년 네진 김나지움에 입학하여 7년을 다녔다. 우리나라의 중고등학교에 해당하는 김나지움 시절엔 공부도 못했고, 친구들과 친하게 지내지도 못했다. 리체이 시절 고골의 친구 A. 다닐렙스키는 다음과 같이 말했다. "학교 친구들은 고골을 사랑했으나 '비밀스러운 난쟁이'라고 불렀다. 반면에 고골은 친구들을 비꼬고 조롱하기를 좋아했으며, 특히 별명 붙이기를 좋아했다." 고골은 자신을 낭만주의적 주인공으로 생각하였다. 네진에서 공부할 때 쓴 『트베르디슬라비치라』는 작품이 그가 시도한 첫 산문 소설이다. 이 소설을 읽은 학교 친구는 고골에게 "넌 절대로 소설가가 되지 못할 거야."라고까지 말했다. 그 말을 듣고 고골은 원고를 찢은 후 불태웠다.

1828년 고골은 관리가 되려는 꿈을 안고 상트페테르부르크로 상경했으나 곧 좌절하였다. 돈과 연줄 없이 도시 생활을 한다는 자체가 힘들다는 사실을 깨닫게 되었다. 그다음 배우가 되고 싶어 지망했으나 심사에서 떨어졌다. 관리나 배우가 되는 일이 어렵게 되자 이번엔 시인으로 문학적 명성을 얻어 보겠다는 야망으로 고등학교 시절에 썼던 평범하고 감상적인 시를 자비로 출판하였다. 1829년에 두 편의 시 「이탈리아」와 「한츠 큐헬가르텐」(부제: 그림 속의 전원시)을 발표했다. 그러나 두 시 모두 인정받지 못하고 실패하였다. 아로프(Arov)라는 가명으로 출판한 독일어 제목의 발라드풍 시집 『한츠 큐헬가르텐(Hanz Kuchelgarten)』이 평단의 혹평을 받자 고골은 자신의 시집을 모두 사서 불태워 버렸다. 그다음 수치심에 사로잡힌 고골은 미국으로 건너갈 목적으로 일단 외국으로 떠났다. 어머니가 농장을 저당 잡혀 마련한 돈을 갖고 독일의 항구 뤼벡으로 가는 배를 탔다. 그러나 고골은 미국에 가지도 못하고 독일에 머물러 생활하다가 돈이 떨어지자 다시 상트페테르부르크로 돌아와 일자리를 찾아야 했다. 고골은 관리가 되고자 하는 희망을 안고 내무부에 들어갔으나, 거기서 형편없는 봉급을 받고 일하다가 3개월 만에 자리를 옮겼다. 그러한 좌절에도 불구하고 고골은 작가의 길을 고집스럽게 밀고 나갔다. 당시 인기를 누리는 유명 인사는 정부관리가 아니라 작가였다는 사실이다. 더구나 러시아 문학은 빠르게 약진하고 있었고, 독자들은 재능있는 신진 작가를 원했다. 한때 문학적 재능이 부족하다는 소리를 들었던 고골은 얼마 지나지 않아 대중과 평론가들이 모두 인정하는 당대 최고의 작가로 성장하였다.

고골은 우크라이나에서 보낸 어린 시절을 회상하며 흥미 있는 글을 썼다. 그의 기억 속에 우크라이나의 시골 풍경과 민속놀이는 매력적인 것이었다. 특히 민담에 등장하는 다양한 귀신 이야기와 루살카(정령)들에 관한 이야기는 더 없이 매력적이었다. 고골은 우크라이나 민담을 소재로 하여 여덟 편의 이야기를 썼다. 그 이야기들은 두 권의 이야기 집으로 엮어져 『디칸카 근처 마을의 야화』(1831~1832)라는 제목으로 출판되었다. 환상과 현실이 어우러지는 우크라이나 이야기는 러시아 문단에 신선한 충격이었다. 우크라이나의 풍부한 민속적 정취를 풍기는 그 이야기 집은 비평가와 독자들의 폭발적인 관심을 끌었다.

고골은 『디칸카 근처 마을의 야화』로 일약 유명 작가가 되었다. 시인 푸시킨과 주콥스키에게 찬사를 받았고, 소설가 악사코프와 비평가 벨린스키에게도 인정을 받았다. 그는 일 년 정도의 관리 생활을 마감하고 여학교에서 역사를 가르치게 되었다. 1834년에 고골은 상트페테르부르크 대학교의 중세사 담당 조교수로 임명되었으나, 일 년 후 역사 교수로서 자신의 자질에 회의를 느껴 그만두었다.[3] 그러한 와중에서도 고골은 계속해서 작품 활동을 하였다. 1835년에 두 권의 작품집 『미르고로드』와 『아라베스크』를 출판했다. 『미르고로드』에 실려 있는 네 편의 중단편 이야기 「옛날 지주들」, 「이반 이바노비치와 이반 니키포로비치가 싸운 이야기」, 「타라스 불바」, 「비(괴물 이름)」는 향토색 짙은 전형적인 우크라이나 이야기들로 『디칸카 근처 마을의 야화』의 후편으로 씌어진 것들이다.

1-2 페테르부르크 산문 시대

1835년은 고골 개인의 창작사에서 중요한 해였다. 그 해를 기점으로 고골은 우크라이나 산문 시대를 마감하고 페테르부르크 산문 시대를 열었다. 우크라이나 산문 시대에는 주로 환상적 낭만주의(Fantastic Realism) 작품을 발표하였으나, 페테르부르크 산문 시대에는 주로 낭만적 사실주의(Romantic Realism) 작품을 발표하였다. 그의 작품집 『아라베스크』에는 페테르부르크를 배경으로 한 세 편의 작품 「광인일기」, 「초상화」, 그리고 「넵스키 거리」가 수록되어 있다. 이들 페테르부르크 이야기에는 고골이 상경하여 체험했던 도시 생활이 전형적으로 묘사되어 있으며, 작가가 도시의 현실에서 경험한 뼈저린 삶의 고통이 잘 나타나 있다. 1836년 고골은 푸시킨이 주간하는 문학 잡지 『현대인』에 해학이 넘치는 풍자 이야기 「사

---

3) 고골은 지인들의 도움으로 대학에서 중세와 관련된 역사를 강의하게 되었으나 강의 내용이 부실하였다. 충분한 강의 준비를 하지 않은 탓에 그의 강의는 수강생들이 집중하기 어려운 맥 빠진 강의였다. 강의 실패는 자존심이 강한 고골에게 정신적 불안을 안겨 주었다. 고골은 포고진에게 다음과 글은 편지를 썼다. "나는 대학과 인연이 없는 것 같습니다. 의미 없이 강단에 섰다가 의미 없이 강단에서 내려왔습니다. 지난 반년은 불명예스러운 시기였습니다. 사람들은 내가 적합한 일을 찾지 못했기 때문이라고 합니다." 투르게네프가 그의 강의를 직접 들었다는데, 고골이 강의실에 들어와서는 학생들을 쳐다보지도 않고 혼자서 준비해 온 강의 노트를 읽었다고 한다. 혼자서 웃다가 겸연쩍어서 강의를 끝냈다는 것이다.

륜마차」를 실었다. 초현실적인 이야기 「코」도 이 잡지를 통해 발표되었다. 고골은 항상 푸시킨과 친교를 유지하면서 많은 것을 배울 수 있었다. 그는 러시아 문학과 자신의 운명에 큰 영향을 준 중요한 작품 『검찰관(또는 '감찰관'이나 '감사관')』과 『죽은 혼(또는 '죽은 농노')』의 주제를 푸시킨에게서 직접 받았다.

고골의 희극 『검찰관』은 황제 니콜라이 1세 치하의 관료 제도를 신랄하게 풍자하고 있다. 지방 도시의 부패하고 타락한 관리들이 건달 흘레스타코프를 암행하는 검찰관으로 잘못 알고 자신들의 부정부패를 감추기 위해 뇌물을 주고 연회를 베푼다. 가짜 검찰관이 떠나고 성공을 자축하는 사이에 진짜 검찰관의 도착 소식이 알려지자 그들은 일시에 공포에 휩싸이게 된다. 현실을 고발하고 풍자하는 『검찰관』은 고골의 트레이드마크인 '눈물을 통한 웃음'을 자아내는 희극이다. 황제의 특명으로 1836년 4월 19일 초연 되어 호평을 받았다. 그러나 이 작품이 보수적인 언론과 관리들의 비난을 받게 되자, 고골은 로마로 피신하여 1842년까지 그곳에 머무르게 된다. 로마는 어느 정도 그의 기질과 성정에 맞는 매력적인 도시였다. 로마에서 만난 종교화가 알렉산드르 이바노프와 친해졌고, 여행 중인 러시아 귀족이나 망명 귀족들을 만나 종교적 주제로 토론을 하기도 했다. 그의 최대 걸작이라 할 수 있는 『죽은 혼』도 로마에서 집필되었다.

고골이 직접 '서사시'라고 부른 작품 『죽은 혼』이라는 소설 역시 러시아의 농노제와 관료 제도의 부패와 타락을 다루고 있다. 주인공 치치코프는 벼락부자가 되기를 꿈꾸는 노련한 사기꾼이다. 그는 여러 지주에게서 죽은 지 얼마 되지 않아, 사망자 명부에 등록되지 않았기에 살아 있는 것으로 되어 있는 농노들을 사들일 기상천외한 계획을 세운다. 지주들은 다음 인구조사 때까지 죽은 농노 몫으로 부담해야 할 재산세가 줄어들게 되어 좋아한다. 치치코프는 문서상으로는 살아 있는 죽은 농노들을 담보로 은행에서 돈을 대출받은 후 먼 곳으로 도망가서 부유한 귀족으로 살 작정이었다. 그의 정중한 말과 행동에 반한 지주들은 부정한 거래인 줄 알면서도 기꺼이 죽은 농노를 팔려고 한다. 그로테스크할 정도로 우스운 거래를 통해 농노들이 가축처럼 팔리는 러시아의 슬픈 현실이 반영되어 나타난다. 농노 구매 사업의 비밀이 들통나자 치치코프는 서둘러 도망친다.

『죽은 혼』이 출판되던 해인 1842년에 고골의 선집 초판이 나왔다. 거기에 희극 「결혼」과 단편 소설 「외투」가 수록되어 있다. 「외투」는 천신만고 끝에 외투를 마련한 어느 가난한 관청서기의 이야기이다. 주인공 아카키 아카키예비치는 외투를 도둑맞자 크게 상심한 나머지 죽어 버린다. 이 작은 인간의 비극은 아주 의미심장한 여러 사건을 통해 전개된다. 도스토옙스키는 고골의 「외투」를 읽고 모든 러시아 작가들은 '고골의 외투에서 나왔다'라고 선언하였다. 고골의 명성은 『죽은 혼』을 계기로 최고 정점에 달했다. 벨린스키를 중심으로 한 민주주의 시민 비평가들은 이 소설이 자신들의 자유주의 열망과 정신을 가득 담고 있음을 발견하고 찬사를 보냈다. 푸시킨이 결투로 비극적인 죽음을 맞이한 후 고골의 인기는 한층 높아졌다. 그는 이제 러시아 문학의 지도자로 부상하였다. 고골은 사회를 고발하고 풍자하여 독자들의 웃음을 자아내게 하는 자신의 재능을 확인하였다. 그리고 하느님이 그에게 위대한 문학적 재능을 주신 목적은 웃음을 통해 사회악을 응징하고 악한 세상 속에서 러시아 국민들이 올바르게 살아갈 수 있는 길을 밝혀주는 것이라고 고골은 믿게 되었다.

1-3 예술에서 종교로

그러나 고골은 『죽은 혼』의 속편을 쓰면서 좌절을 겪었다. 건달 치치코프의 부정적인 면보다는 긍정적인 면을 부각하고자 하였으나 쉽지 않았다. 사실 속편에선 도덕적으로 거듭나는 아름다운 인간 치치코프에 대해 쓰고 싶었다. 속편을 단테의 『신곡』 제2부와 제3부인 「연옥 편」과 「천국 편」처럼 쓰고 싶었던 것이다. 주인공 치치코프의 영혼을 구원해 보겠다는 고골의 의도는 완전히 실패했다. 고골은 긍정적인 이미지의 주인공을 창조해 내는 재능이 자신에게 없음을 깨달았다. 불행하게도 그의 창조적 재능이 사라져 버린 것이었다. 속편을 써 보려고 십 년 넘게 온갖 노력을 해 보았으나 결과는 초라했다. 속편의 원고 속에서 그가 그토록 찬양하고자 열망했던 도덕적 인물들은 생명력 없이 과장되게 표현되었다. 반면에 부정적이고 그로테스크한 인물들만 힘차게 묘사되었다. 고골은 이것을 하느님이 자신에게서 인간 구원의 목소리를 거두어 간 증거라고 해석하였다. 이제 작가로서가 아니라 교사나 설교자로서 러시아 국민들의 올바른 도덕심과 생활 향상을 위해 무엇인가를 하고자 했다. 이렇게 해서 쓴 것이 32편의 담론을 모아 놓은 『친구와의 왕복 서한』(1847)이다. 이 모음집은 보수적인 러시아 교회를 찬양했을 뿐만 아니라 바로 몇 해 전 그가 그토록 신랄하게 비판했던 지배 권력을 찬양하였다. 그리하여 한때 그에게 찬사를 보냈던 사람들은 격하게 비판을 가하였다. 특히 비평가 벨린스키는 분개하여 쓴 편지에서 고골을 '채찍의 설교자이자 반(反)계몽주의와 사악한 탄압의 옹호자'라고 비난하였다. 이에 실망한 고골은 하느님의 총애를 회복하기 위해 신앙생활에 전력투구하였다. 고골은 옵티나 푸스틴 수도원의 장로들에게 삶의 가르침을 배웠다. 이 수도원의 성스러움은 러시아 전역에 잘 알려져 있었다. 특히 고행자이며 신앙 설법자이고, 기적을 행하는 암브로시 장로에 대한 전설은 러시아 사람들 사이에 널리 퍼져 있었다. 도스토옙스키, 솔로비요프, 키레옙스키, 콘스탄틴 레온티예프, 레프 톨스토이 등 많은 문인이 자주 찾는 수도원이기도 하였다. 고골은 기도와 금욕생활을 더 열심히 했으며 1848년엔 팔레스타인 순례 길에 오르기도 했다. 저주받은 영혼처럼 여기저기 떠돌아다니던 고골은 마침내 모스크바에 발을 붙였다. 그곳에서 마트베이 콘스탄티노비치라는 광신적 사제의 영향을 받고, 그의 명령에 따라 1852년 2월 24일에 『죽은 혼』 제2부를 불태워버렸다. 그 뒤 열흘 후에 고골은 반미치광이 상태에서 죽었다. 오늘날도 많은 사람이 고골의 특이한 삶과 사상을 자주 회자한다.

2 고골의 드라마 『검찰관』의 이해

드라마 장르는 다른 어느 나라보다 러시아에서 발달하였다. 러시아인들은 드라마가 지닌 심오한 시민의식과 관객들에 대한 호소력에서 그 중요성을 찾고 있다. 그만큼 이 장르에 대한 러시아 국민의 관심도 크다고 할 수 있다. 극작가 오스트롭스키의 말에 따르면 "드라마는 다른 문학예술 장르보다 시민에 더 가깝다고 할 수 있다. 잡지는 수천 명이 보는 정도에 그치나 드라마는 수십만이 본다."라는 것이다. 러시아 연극의 새로운 장을 연 고골이 극작가로서 유명해진 것은 위대한 희곡 『검찰관』(1836) 때문이다. 『검찰관(또는 감찰관이나 감사관)』은 탁월한 성격 묘사와 대화뿐만 아니라 시종일관 완벽한 기법을 보여 주는 작품이다. 이 작품은 최고의 완성도를 보여 주는 고골의 대표적인 희극 작품일 뿐만 아니라 세계 드라마 역사에서 불후의 명작으로 자리매김 되어 있다. 지금도 고골의 드라마 『검찰관』은 전(全) 세계 수백만의 독자와 연극관객의 마음속에 살아남아 있다.

고골은 『작가의 고백』에서 자신의 창작 시기를 '『검찰관』 전시기, 『검찰관』 시기, 『검찰관』 이후 시기'로 구분하였다. 고골은 『검찰관』이 모든 작품의 중심에 있을 정도로 중요한 걸작임을 강조한 것이다. 물론 『검찰관』 이외에 다른 희곡 작품들도 있다. 고골은 1832년에 두 개의 희극 『블라디미르 3등 훈장』과 『구혼자들』에 대한 창작을 시작하였다. 그러나 검열에 대한 두려움과 복잡한 문제들 때문에 첫 희극 『블라디미르

3등 훈장』은 미완성으로 끝났고,『구혼자』들은 수차례의 개작을 거쳐 1842년에『결혼』이라는 제목으로 출판되었다. 그리고 1835년 미완성 희곡『알프레드』와 1842년에『도박꾼들』을 발표했다. 그밖에도『블라디미르 3등 훈장』에서 개작한 단편들로『사무원의 아침』(1836),『소송』(1842),『하녀』(1842)와『단편』(1842)이 있다.

2-1 작품의 창작 과정

고골의 아버지는 아마추어 극작가로서 희곡 대본을 쓰고 연출까지 시도할 정도로 연극적 재능이 있는 사람이었다. 아버지의 재능을 물려받은 고골은 어린 시절부터 연극에 남다른 관심을 보였다. 네진 고등학교 시절부터 동료들과 함께 학교 연극을 만들어 몇 차례 공연을 통해 작은 성공을 거두었다. 학교 연극에서 우스꽝스러운 노인이나 여자 역을 맡아 연기하기도 하였다. 그 후 고골은 알렉산드리아 황실 극단의 배우 모집에 응시하였으나 불합격되었다. 당시 시험 담당 공무원은 젊은 고골의 열정을 높이 평가하였고, 대사가 없는 수위 역을 제안하여 그를 위로했다는 이야기도 전해진다. 어쨌든 배우가 되기를 포기한 이후에도 연극에 대한 열정을 그대로 간직한 고골은 언제나 자기 작품들을 낭송하기를 좋아하였다. 고골은 언제나 한 편의 순수한 국민 희곡을 쓰고 싶었으나 막상 좋은 아이디어가 떠오르지 않았다. 그리하여 고골은 새로운 아이디어가 풍부한 푸시킨에게 도움을 청했다. 고골은『작가의 고백』에서 그러한 사연을 밝히고 있다. 1835년 10월 7일 고골이 푸시킨에게 보낸 편지를 소개하면 다음과 같다. "유머든 아니든 제발 아무 주제나 하나 주시오. 그러나 러시아적인 순수한 에피소드이어야만 합니다. 그동안 희곡을 쓰고 싶어 미칠 정도입니다. 내 손이 떨고 있습니다." 이런 부탁을 받은 푸시킨은 고골에게 자신이 경험했던 에피소드를 이야기해 주었다. 사실 푸시킨은 몇 해 전에 노브고로드 지방을 여행하던 중 그곳의 지방 유지들이 자신을 검찰관으로 오인하여 일어난 작은 소동을 희곡의 소재로 추천하였다. 처음부터 희곡을 염두에 두고 작품을 구상해 오던 고골은 그 에피소드를 『검찰관』의 모티프로 삼았다.

여기서 고골은 황당한 사기꾼 기질의 건달을 주인공으로 내세워 관객을 즐겁게 하였다. 지방 소도시에서 가짜 검찰관의 출현이라는 에피소드는 사실 당시에 아주 흔한 이야기였다. 그러한 실수를 테마로 한 이야기는 희극의 변형으로써 자주 사용되었다. 이 점에 대해 평론가 린드스트롬은 고골의 『검찰관』과 G. 크비트카의 희극 『수도에서 온 손님』(1827) 사이의 유사점을 지적하였다. 그의 연구에 의하면 고골은 크비트카의 작품과 유사한 주제를 사용했고 세부묘사에서 상당부분을 차용한 흔적이 보인다는 것이다. 그러나 비평가 해리슨은 크비트카의 작품 모방설을 반박했다. 해리슨은 고골이 푸시킨에게서 받은 에피소드를 창작하는 과정에서 지방 관리의 부패와 무능을 풍자하고 발전시켰다고 주장하였다. 고골의 희극은 본인의 의도와는 상관없이 사람들에 의해 사회 풍자로 받아들여졌다는 것이다.

작품이 발표된 후 고골은 주콥스키에게 보내는 편지(1847년 12월)에서 자신의 의도를 설명하였다. "『검찰관』은 사회에 올바른 영향을 주기 위해 쓴 최초의 작품이다. 이 희극에서 나는 당시 러시아에 존재하는 모든 추악한 것과 정의가 요구되는 장소나 업무에서 저질러지는 모든 종류의 불의(부정부패)를 한데 엮어서, 모든 사람이 한바탕 크게 웃음을 터뜨려 보자고 결심하였다." 사회 풍자든 도덕 풍자든 고골은 관객들이 포복절도할 수 있는 웃음을 선사하고 싶었던 것이다.

2-2 공연과 반응

『검찰관』은 1836년 4월 19일 페테르부르크의 알렉산드르 황실 극장에서 초연되었다. 공연에는 니콜라이 1세와 상류 귀족들이 대거로 참석하였다. 당시 고골 작품의 상연은 커다란 사회적 반응을 불러일으켰다. 관객들과 비평가들의 상당한 관심을 끌었고, 동시에 매우 특별한 작품으로 받아들여졌다. 당시 공연을 관람한 관객들은 정말로 웃기고 재미있는 연극이지만 뭔가 이상하다는 반응을 보였다. 정부 관리를 비롯한 보수 인사들은 고골의 작품이 러시아 관료체제의 존엄성을 송두리째 흔드는 저열한 풍자라고 말하며 화를 냈다. 그와 반대로 진보적인 사상가나 지식인들은 러시아의 현실과 관료 체제를 신랄하게 비판한 작품이라고 환영하였다. 자유주의적 지식인들은 『검찰관』을 관료주의 세계의 가면을 폭로한 통쾌한 작품이라고 평가를 내렸다. 곧이어 5월에 모스크바 말리(Malyi) 극장 공연을 계기로 보수주의와 진보주의자의 상반된 주장은 첨예

하게 대립되었다. 보수주의자들은 체제에 대한 중상모략이라고 비난하였고, 진보주의자들은 제국의 진실이라고 주장하였다. 독자와 관중들의 대립적이고 극단적인 평가에 대해 크게 실망한 고골은 로마로 피신하여 1842년까지 그곳에 머무르게 된다.

2-3 제목의 시학

고골의 작품『검찰관』의 진정한 의미는 무엇인가? 고골 풍자의 성격은 무엇인가?『검찰관』에서 진짜 주인공은 누구일까? 이러한 문제는 사실 고골 시대 이래로 계속되어 온 논쟁의 테마였다.『검찰관』의 진짜 주인공은 흘레스타코프인가 아니면 시장인가? 물론 우리는 누구나 흘레스타코프를 주인공으로 알고 있다. 로트만의 말대로 흘레스타코프는 동시대를 대표하는 역사적 문화적 인물로서 참 주인공이라 할 수 있다. 그러나 작가와 연출가들은 흘레스타코프 보다는 시장의 배역에 더 큰 비중을 두고 있다. 그 이유는 무엇일까? 작품 이해에 대한 연출가들의 새로운 접근 방향은 희곡의 기본적인 의미가 관료주의 세계의 가면을 폭로하는 것에 있다는 생각에서 나온 것이기 때문이다. 그러한 관점에서 본다면 14등관의 하급관리 흘레스타코프는 이차 서열의 인물, 즉 보조적 인물인 것이다. 사실 이 해석의 기초는 벨린스키의 견해이다. 작품의 기본적인 주제를 관료주의 세계의 폭로로 간주한 벨린스키는 시장을 작품의 주인공으로 간주하였다. 그는 이 작품의 사상을 "망령된 인간은 모름지기 어떤 망령이나 허깨비, 아니 차라리 죄의식에서 오는 공포의 그림자라고 해야 할 어떤 존재에 의해 처벌받아 마땅하다."라는 것으로 보았다. 벨린스키의 견해에 따르면 흘레스타코프는 '시장 죄의식의 환영'일 뿐이다. 벨린스키는 다음과 같이 구체적으로 해석하고 있다. "사람들은 흘레스타코프를 이 희극의 주인공으로, 작품의 주된 등장인물로 생각하고 있다. 그것은 잘못된 것이다. 흘레스타코프는 이 코미디에서 그 자신의 고유한 인물형으로 등장하는 것이 아니라, 순전히 지나가는 과정 중의 사건 속에 나타나고 있다.…… 이 희극의 주인공은 망령된 인간의 세계를 대표하는 인물인 시장이다." 이 글은 벨린스키의 논문 『지혜의 슬픔』(1839)에 나온 것이다. 실제로 그 논문에 실린 해석과 평가는 러시아 비평계와 19세기 관객들에 의해 『검찰관』의 전통적인 이해에 대한 기초가 되었다. 제목의 정당성을 논하는 비평가들 가운데 고골의 친구인 악사코프는 자신의 회상록에서 "고골은 『검찰관』보다는 『시장』이 더 나은 제목 같다고 불평하였다."라고 말하고 있다. 어쨌든 이 희곡에서 중심인물은 시장과 가짜 검찰관으로 압축된다. 그들을 중심으로 사건이 전개되기 때문이다.

『검찰관』에서는 '오해받은 정체성(mistaken identity)'과 '공포(strakh)'에 대한 문제가 심도 있게 다루어져 있다. 『검찰관』의 이야기는 작은 지방 도시의 탐관오리가 며칠 전부터 낯선 사람이 그 지방에 머물고 있다는 소문을 듣고 그를 검찰관이라고 오해하는 데에서 출발한다. 검찰관의 정체성을 파악하기 위한 그들의 다양한 행동은 타락한 관리들의 자화상을 보여 준다. 그리고 『검찰관』의 지배소는 '공포'라 할 수 있다. 뱌젬스키의 말처럼 이 희극에 묘사된 것은 글자 그대로의 진실이 아니라 심리적 진실이다. 심리적 진실이라는 의미에서 중요한 것은 등장인물의 반응이 전체적으로 '공포'의 지배적 분위기에서 결정되고 있다는 사실이다. 여기서 공포는 시장이나 관리들의 죄의식에서 나온 심리일 뿐만 아니라 니콜라이 1세의 공포 정치에 자동으로 수반되어 나타난 것이기도 하다. 특히 시장은 공포에 짓눌려 흘레스타코프의 모든 말을 시종일관 반대로 생각한다. 사실 흘레스타코프는 단순한 사실을 이야기했지만, 시장은 자기 상상력을 동원하여 마음대로 왜곡되게 해석한다. 흘레스타코프가 보여 주는 초기의 단순함과 솔직함이 시장과 관리들의 교묘한 말놀이를 부추기는 결과를 낳았다.

2-4 시대적 배경

무엇보다도 가장 궁금한 것은 흘레스타코프의 황당한 거짓말이 통하고 시장의 부정행위가 공공연하게 허용될 수 있었던 세계는 과연 어떤 세계일까. 『검찰관』의 시대적 배경은 니콜라이 1세(1825~1855)의 통치 시기이다. 1825년 12월 14일 데카브리스트 난이 일어나자 차르 니콜라이는 공포 정치로 국민을 다스리게 된다. 그는 30년 동안을 철의 군주로 러시아인들을 철두철미하게 억압하고 통제하였다. 니콜라이는 군인으로서 훈련을 받으면서 엄격한 규율과 그 정신을 익혔고, 공식 석상에서는 항상 군복을 착용하였고, 퍼레이드나 사열식에 자주 참석하였고, 직접 경비대원을 훈련시켰다. 시민보다는 군대를 더 좋아한 차르는 부하들에게 무조건 복종만을 강요하였다. 당시 러시아는 하나의 거대한 군대 조직과 같았다. 일반적으로 처벌은 가혹하고 잔인하게 행해졌다. 범죄자들의 얼굴에는 달구어진 쇠로 '도둑'이라는 의미의 러시아어 'BOP'(보르)가 새겨졌다. 군대에선 수백명의 군인들이 늘어서서 사병들에게 태형을 가하였다. 태형을 여러 번 받은 사병들은 죽기까지 하였다.

모반과 국가 전복을 두려워한 니콜라이 1세는 악명 높은 검열 제도를 도입하였다. 원래 러시아에서 검열 제도는 알렉산드르 1세의 집정 초기인 1804년에 최초의 포괄적인 검열법 제정으로 시작되었다. 교육부의 중앙 학교 행정국은 출판 감독권을 부여받고 '정교와 차르 체제의 질서에 반하는 저서'의 출판을 금하였다. 알렉산드르 1세 통치 초기에는 검열이 비교적 유화적이었으나 갈수록 엄격해졌다. 러시아 제2의 검열법은 니콜라이 1세의 즉위 후 1826년에 발표된 이른바 '철의 법규'는 수많은 사소한 제한과 함께 저술 자체까지도 금지할 수 있는 권리를 검열관에게 부여하였다. 2년 후 1828년에 발표된 새로운 법규는 니콜라이 1세의 허락 없이는 어떠한 새로운 정기 간행물도 발행할 수 없다고 규정하였다. 출판에 대한 감독권은 교육부 중앙 검열국에 맡겨졌고, 그 아래 지방 검열 위원회가 소속되어 있었으나, 실제로 검열권을 행사하는 것은 황제 관방의 '제3부'였다. 모든 검열관은 자유 사상을 고취한 저술과 그 저자에 대해서 황제 관방의 '제3부'에 보고하도록 되어 있었다.

『검찰관』에서 지방 관료들이 가짜 검찰관인 흘레스타코프에게 공포에 가까운 두려움을 느끼며 복종하는 것은 당시 니콜라이의 공포 정치와 밀접한 관계가 있다. 엄격한 철의 군주 니콜라이의 특명으로 파견된 검찰관은 그 이름 하나만으로도 위협적인 존재이며 공포의 대상인 것이다. 그러므로 지방관리들은 흘레스타코프의 언행을 자의적으로 해석하고 자가당착에 빠져 버린 것이다. 관료사회의 경직성은 진짜 검찰관이 나타났다는 헌병의 말 한마디에 모든 등장인물이 화석처럼 움직이지 못하는 '무언(침묵)의 마지막 장면'에 잘 나타나 있다.

2-5 참칭(사칭)의 문제

러시아 역사와 문학에서 참칭과 사칭의 문제는 끊임없이 제기되어왔다. 러시아어 '사모즈반스트보(samozvanstvo)'는 우리말로 참칭(僭稱) 또는 사칭(詐稱)으로 번역된다. 참칭이라는 말은 '제멋대로 스스로 왕'이라고 일컬음을 뜻하며 '왕이나 정부를 참칭하다.'같은 문장에서 사용한다. 역사적으로 참칭은 거짓 왕이나 거짓 정부를 지칭하는 칭호이다. 사칭이라는 말은 '이름이나 직업 따위를 거짓으로 속여 말하는 것'을 의미하며 주로 개인에게 붙여진다. 참칭과 사칭은 같은 의미나 일반적으로 사용자에 따라 의미의 지평이 약간씩 달라진다.

러시아 역사에서 참칭의 시작은 16세기 혼란의 시대에 시작되었다. 황제를 참칭하는 가짜 드미트리(Lzhe Dmitrii)가 출현하게 된 역사적 배경을 알아볼 필요가 있다. 가짜 드미트리는 중세 러시아의 황제 이반 4세(재위 1553~1584)의 막내아들 드미트리의 이름을 참칭하여 모스크바 대공 자리를 노렸던 인물이다. 가짜 드미트리 1세와 2세가 있다. 1598년 이반 4세의 뒤를 이어 제위에 올랐던 표트르가 죽자 당시 실권을 장악하고 있던 보리스 고두노프(1551~1605)가 전국회의에서 황제로 선출되었다. 고두노프의 정치는 사대부와 상인의 이익을 옹호하는 정책을 추진하였으므로 농민과 귀족층의 불만이 커지게 되었다. 그런데 이보다 앞선 1591년에 이반 4세의 막내아들 드미트리가 급사하자 그를 참칭하면서 모스크바 대공의 자리를 노린 가짜 드미트리 1세와 2세가 나타났다. 드미트리 1세(?~1606)는 폴란드의 러시아 정복 의도를 배경으로 모스크바 정부에 불만을 품은 여러 사람의 지지를 받아 1604년 가을 모스크바 영내로 침입하였다. 러시아 국내에서는 이에 호응하여 각지에서 농민이 봉기했고, 정부군 내부에서도 반역자나 도망자가 속출하였다. 이것이 러시아 역사에 유명한 '혼란시대'의 시작이다. 1605년 4월 혼란의 시기 중에 러시아 황제 보리스 고두노프가 죽었고, 그 뒤를 이은 표트르 2세가 귀족들의 책략에 의해 피살된 뒤, 6월 가짜 드미트리가 왕위에 오르게 되었다. 그러나 즉위 후 얼마 되지 않아 그는 신망을 잃고 다음 해 5월 모스크바의 반(反)폴란드인 봉기 중에 살해되었다. 가짜 드미트리 2세는 1세가 살해된 뒤 폴란드 국경에 나타나 모스크바 점령을 시도하였으나 실패하고 국경 부근에 본영을 세우고 정부에 협박을 계속하다가 그해 말에 동료에 의해 살해되었다. 두 사람의 가짜 드미트리가 다수의 지지를 받고 일시적이나마 성공할 수 있었던 배경에는 러시아에 대한 침입과 간섭을 계획한 폴란드의 야망과 농노제를 강화하고 사대부 우대 정책을 취한 고두노프 정권에 대한 귀족과 러시아 민중의 반항이 있었기 때문이다.

이러한 역사적 배경 속에서 참칭의 문제는 문학에서도 작가들이 좋아하는 모티프였다. "17세기 초부터 19세기 중반까지 러시아에서 새로운 참칭자의 출현 없이 2, 30년이 지나간 적은 없다."라는 A. O. 러브조이(Lovejoy)의 말처럼 참칭의 문제는 푸슈킨과 고골이 활동하던 시대의 현실이었다. 당시 러시아의 사칭에 대한 문제를 역사적으로 사회적으로 통찰해 볼 필요가 있다. 흘레스타코프의 거짓말을 자세히 분석해 보면 몇 가지 속성이 있다. 첫째로 그의 거짓말은 현실과 가능한 한 멀리 동떨어진 세계로의 무한한 비약에서 출발한다. 둘째로 기이한 성격의 소유자인 흘레스타코프는 순수한 창작의 소산이 아니라, 당시 러시아 사회에 존재하는 사회적 성격의 하나다. 이것을 작가 자신이 직접 밝히고 있는 것이 흥미롭다. 문학 비평가 로트만은 흘레스타코프가 추상적 존재가 아니라 역사적 사회 문화적으로 구체적인 형상이라고 주장하였다. 구체적으로 조형된 인물로서 흘레스타코프는 문학의 실제성을 논증해 주는 인물이기도 하다. 로트만에 따르면 니콜라이 1세의 통치 시대는 무엇보다도 역동적인 문화 발전의 추진력이 결여된 채 국가 관료주의만이 팽배하던 시대였다. 그런데 국가 관료주의란 본질적으로 위선적인 성격을 지니므로 진실을 은폐하기 위한 거짓을 쉽사리 허용하는 경향이 있었다. 이러한 상황에서 어느 문화 집단에 역사적 심리 상태로서 거짓 말하는 습관이 유포되기 시작하면, 그것은 유아적 성격의 인물들을 활성화하는 계기가 된다. 이러한 위선과 거짓의 습성이 어떤 개인의 심리에 이식되었을 때 나타나는 것이 바로 흘레스타코프와 그와 비슷한 부류의 인간형이라는 것이다. 따라서 그와 같은 인간형이 존재한다는 것은 다른 말로 그 사회와 문화 안에 엄청난 전제적 권위주의가 팽배하고 있으며, 또한 사회적 소외 현상이 뚜렷하다는 것을 시사한다. 그것은 다양한 유형의 사회적 소외가 존재하는 곳에서만이 행위가 결과로부터 분리되는 것을 가능케 하며, 이러한 소외가 전제될 때 자신을 속이거나 다른 사람을 기만하는 일이 일어날 수 있기 때문이다. 실제로 니콜라이 1세는 국가를 전제와 임의적 지배의 형태로 통치했기에 '제3부'와 같은 정보기관을 발달시켰다. 그러나 그 부작용으로 국가 내부에는 입신출세를 꿈꾸는 권력 지향적 모험가와 멍청하고 어리석은 자들이 대표적인 사회적 유형으로 대량 생산되었다. 크릴로프가 지적하였듯이 "그들은 명석한 인간들을 두려워하였기 때문에 더욱더 자진하여 자기들이 바보들에게 당하고 있다는 것이다." 그러므로 흘레스타코프와 같이 허황되기 짝이 없는 자가 『검찰관』의 시장처럼 노련하고 교활한 관리를 손쉽게 기만하고 우롱하는 일이 가능하였다. 참칭의 문제가 고골의 문학에 반영되어 나타났다는 사실은 사칭이 그에게 있어 단순한 역사적 사회적 현상 이상이었다. 고골의 사칭에 대한 생각은 작가적 정체성의 문제와도 연관된다. 『검찰관』에서 일어난 사건의 전모는 사칭자 흘레스타코프의 이야기이다. 텍스트 안에서의 내부 작가는 사실 사칭자인 것이다. 작가를 사칭하는 흘레스타코프는 자신이 친구로 알고 지내는 다른 작가에게 자신의 이야기를 써서 편지로 보낸다. 흘레스타코프는 검찰관을 사칭하기도 하지만 작가를 사칭하기도 한다. 작가가 아니면서 작가인 척하는 것도 사칭이지만, 반대로 작가이면서 작가가 아닌 척하는 것도 역시 사칭이다. 고골의 많은 작품에서 이야기의 화자가 자주 바뀌는 것을 볼 수 있다. 그러한 글쓰기의 행위는 글자 그대로 '자기 자신을 새롭게 이름 짓는(sam+zvat′)' 행위이다. 소설가였던 고골이 『검찰관』을 통해 희곡작가로서 새로운 글쓰기로 변신을 한다. 고골은 소설 장르에서 희곡 장르로 옮겨가며 사칭의 문제를 천착했다고 할 수 있다. 고골의 사칭은 새로운 장르에서 새로운 인물형을 창출하기 위한 특별한 방법이었다. 고골은 사칭자를 통해 가변적이고 비정형적인 인물형을 창조했으며, 그와 같은 사칭자 인물형은 작가적 형상의 대립 체가 되어 작가의 절대적이고 신성한 권위를 사칭한 것이다. 그러므로 고골에게서 사칭 문제는 시대가 만들어 준 것이기도 하지만 자기 정체성의 변주라고도 할 수 있다.

『검찰관』에 나타난 세계는 반(反)세계이다. 반세계는 모든 것이 거꾸로 된 세계로서 정상적 세계가 아닌 가치가 전도된 세계이다. 반세계에서는 진실이 거짓으로, 거짓이 진실로 바뀌어 버린다. 숙박비와 식비를 내지 않은 채 여관을 떠나지 못하는 나그네. 이것이 흘레스타코프를 암행하는 검찰관이라고 믿게 하는 이유다. 굶주린 배를 안고 손님의 연어 요리를 탐스럽게 들여다본 그의 행위는 주도면밀한 검찰관의 감찰 행위가 되고, 겁에 질려 동정을 살피고 주위를 탐색하는 눈은 사람들을 공포로 몰아넣는 맹수의 날카로운 눈초리가 된다. 당황하여 더듬거리는 말투는 일부러 위엄을 부려 더디게 말하는 것으로 받아들여지고, 무전취식이라는 죄명으로 잡혀 가지 않으려는 마지막 발악은 시장의 부정부패에 대한 분노로 오해된다. 반세계에서는 모든 것이 의도와는 달리 반대로 행해지는 사회인 것이다.

2-6 희곡의 슈제트

작가는 주제를 효과적으로 표현하기 위하여 사건과 사건을 동기로 연결하고 배열하여 전체적으로 일정한 갈등의 틀 속에 조직화한다. 이야기는 보통 두 가지로 진행된다. 하나는 파불라(fabula)이고 다른 하나는 슈제트(siuzhet)이다. 파불라는 우리말의 줄거리에 가까우며 영어로는 스토리(story) 개념에 해당한다고 할 수 있다. 슈제트는 우리말의 구성에 가깝고 영어로는 플롯(plot)에 해당한다. 과거엔 스토리와 플롯을 동일 개념으로 사용하기도 했지만, 최근엔 두 용어를 엄격하게 구분하여 사용한다. 파불라는 사건이 시간적 순서로 진행되는 서술이고, 슈제트는 주로 인과 관계에 따른 사건의 서술이다. 다시 말해 파불라는 사건을 단순히 연대기적 순서에 맞추어 놓은 이야기의 줄거리를 말한다. 반면에 슈제트는 작가가 예술적 구도에 따라 사건을 선택하고 배열하고 조직한다. 좀 더 쉽게 말하면 파불라는 '어떤 사건이 일어나는가?'라는 문제에 관심을 둔다면, 슈제트는 '어떻게 사건이 일어나는가?'라는 문제에 초점을 둔다. 『검찰관』은 파불라와 슈제트가 명백하게 구분되는 작품이 아니다.

이 작품은 부패한 관리들에 대한 도덕적 풍자가 봉건적인 전제 질서와 부패한 사회 조직에 대한 비판으로 발전되어 가는 것을 보여 준다. 그 이야기는 다음과 같다. 주인공 흘레스타코프는 어느 작은 지방 도시에 불쑥 나타나 예기치 않은 계기로 중앙의 고위 관리인 검찰관을 사칭하게 된다. 그 도시의 주요 인사들은 흘레스타코프를 수도에서 파견된 대단한 권력의 소유자라고 생각한다. 흘레스타코프에게 현혹된 사람들은 온갖 종류의 파격적인 위선과 아첨, 선량한 인간으로서의 위장을 자행한다. 그가 시장 부인과 딸을 현혹하여 만들어 내는 사건은 사기의 절정에 이른다. 관리들이 벌리는 상식을 뛰어넘는 일련의 행위는 흘레스타코프의 허황되기 이를 데 없는 엄청난 사기행각과 더불어 한 편의 완벽한 이중주를 만들고 작품의 성격을 날카로운 사회비판을 지향하는 희극으로 만든다.

『검찰관』의 슈제트를 검토하면 하나의 조그만 사건이 어떻게 확대되어 거대 사건으로 발전되는가를 알 수 있다. 고골은 외면상 단순한 플롯을 활용한다. 배경과 상황이 안정되어 보이지만 갑자기 예기치 않은 외부 요소가 끼어들면서 불안해진다. 『검찰관』에서 지방 소도시의 주민들은 속물성에 젖어 있고 이런저런 형태로 부패하지만, 겉보기에는 조화로운 공동체를 형성하여 살아가는 방법을 아는 사람들이다. 하지만 그러한 삶이 뜻밖의 인물 흘레스타코프가 도착하면서 혼란에 빠진다. 그는 정부에서 보낸 검찰관으로 오인되는 청년이다. 이 청년 때문에 지역 사회의 조화는 부조화로 바뀌고 타협은 혼란이 된다. 궁극적으로 주민들의 삶 자체가 멎어 버린다. 『검찰관』은 총 5막으로 구성된 희극 작품으로 신분의 오해로 일어나는 사건을 익살스럽게 전개하고 있다. 제1막에서 사건의 발단은 중대한 소식을 전하기 위해 시장의 명령에 따라 관련 부서의 관리들이 밀실로 소집된다. 관리들이 모인 가운데 정보 제공자로부터 보내온 편지가 공개된다. 그 편지에는 수도 페테르부르크로부터 비밀 명령을 받은 검찰관이 사찰하기 위해 그 지방으로 파견되었다는 소식을 담고 있었다. 시장과 관리들은 대책을 강구하기 위해 고심을 한다. 제2막에서 주인공 흘레스타코프는 여관에서 밀린 숙박비를 내지 못한 채 끼니를 굶으며 전전긍긍하고 있다. 그러다가 그를 수도에서 온 검찰관으로 오인한 지방 지주로부터 연락을 받고 달려온 시장과 흘레스타코프와의 첫 상면이 이루어진다. 제3막에서 시장의 간곡한 권유로 흘레스타코프는 시장 집으로 숙소를 옮긴다. 그는 시장 집에서 환대를 받으며 순간순간을 임기응변과 속임수로 대처해 간다. 제4막에서 부패한 지방관리들은 돈이면 뭐든지 할 수 있다고 생각한다. 가짜 검찰관에게 자신들의 허물과 과실을 감추려고 돈을 건네준다. 또한, 그 도시의 상인들과 아낙네들은 흘레스타코프가 머물고 있는 방으로 몰려와 시장의 비리를 탄원한다. 제5막에서 가짜 검찰관과 시장의 딸과의 전격적인 결혼 준비에 들뜬 분위기가 묘사된다. 흘레스타코프가 도망가기 전에 수도의 한 친구에게 보낸 편지를 몰래 뜯어

본 우체국장이 그의 정체를 폭로하고 모든 사실이 밝혀진다. 이에 시장은 분노하며 거의 미칠 듯이 발작을 한다. 그 광기가 희극을 대단원으로 몰고 간다. 마지막 대단원에서 헌병이 등장하여 수도에서 온 진짜 검찰관의 도착 소식을 알릴 때, 모든 등장인물은 경악한 채 굳어 버리는 무언의 장면으로 막을 내린다.

2-7 속물성의 시학

『검찰관』은 고골의 성숙한 사고와 희극 구성의 완성도가 높은 작품이라 할 수 있다. 고골은 우선 전통적인 희극에 고유한 복잡하게 얽힌 사랑이나 결혼으로 맺어지는 사건 전개에서 탈피하였다. 고골은 한결같이 사랑에 골몰해 있는 주인공들과 그들의 행복한 결혼으로 끝나는 희극들은 현실과 동떨어진 것이라 생각했다. 그리하여 고골은 시작부터 한두 주인공이 아닌 등장인물 전체를 끌어들이고 흥분시킬 수 있는 사건을 선택하였다. 또한, 그의 인물들은 이전의 전통적인 희극의 배역들과 달리 러시아 어디에서나 볼 수 있는 러시아적인 인물, 즉 러시아의 사기꾼과 괴짜들이다. 물론 고골이 선택한 사건이나 주인공들은 그 생생한 사실성에도 불구하고 어딘가 모르게 과장되고 희화화되어 있다. 이는 고골 창작 전반에서 나타나는 특징으로 지극히 세태적이고 그럴듯한 심리를 지닌 인물들이 기이하고 전혀 있을 법하지 않은 사건의 환영 속으로 끌려들어 간다. 환영을 등장시키는 고골의 미학은 그로테스크한 리얼리즘으로 설명할 수 있을 것이다.

고골의 주요 희극작품에서 강조되는 세 가지 테마는 돈, 지위, 그리고 결혼이다. 고골은 「새로운 희극의 공연 후 극장을 떠나며」라는 글에서 "연극의 플롯에서 가장 중요한 테마는 좋은 지위를 얻고, 자신의 번뜩이는 기지로 적수를 무색하게 만들며, 조소당하거나 웃음거리가 되는 자신에 대한 복수심이다. 지위와 돈, 그리고 훌륭한 결혼이 오늘날 우리에게 사랑보다 더 의미가 크지 않은가?"라고 말하였다. 고골은 『검찰관』에서 타산적인 결혼, 돈의 위력, 지위나 관등의 상승을 바라는 사회의 도덕적 부패와 타락을 국민 눈앞에 펼쳐 보여주고자 하였다.

고골이 강조한 세 가지 테마는 다시 말해 인간의 속물성 (poshlost′), 허위성(mnimost′), 그리고 망상(prizrachnost′)에 대한 구체적인 표현이다. 고골의 모든 작품에 공통적으로 흐르는 것은 혼돈과 무질서의 세계에서 살아가는 인간들의 속물성과 탐욕이다. 속물들은 추상적이거나 형이상학적인 주제에 대해서는 철저하게 무관심하다. 특히 『검찰관』의 관리들에게 나타나는 속물성은 어떠한 창조성도 결여한 채 그 사회의 가장 저열한 정신만을 모방하고 있는 자들의 속성이다. 관리들의 직권남용(zloupotreblenie)과 거짓말(lozh′)과 자기기만 (samoobman)은 현실에서 자주 접하게 되는 속물적 현상이다.

고골은 인간의 약점을 날카롭게 지적하고 있다. 인간의 약점 가운데 가장 대표적인 것이 바로 속물성이다. 등장인물들이 보여 주는 속물성에 대해 고찰해 보자. 속물성은 자주 웃음과 혐오를 유발한다. 고골은 자기 인물들의 속물성을 곧 그들의 도덕적 결점으로 인정하였다. 속물성은 상투적 생각, 즉 자신의 독자적인 내면적 지향을 지니지 못한 인물들의 특징이다. 그것은 창조성과 무관하며 일반적이고 상투적인 생각의 집합일 뿐만 아니라 진부한 표현과 속물적 언어의 사용으로 나타난다. 속물은 중간 계급의 보편적 산물이며 순응주의자들의 속성이다. 그것은 집단적 성격을 반영하고 있으며 모든 것이 가짜다. 속물적 인간들은 추상적이거나 형이상학적인 테마에 대해서는 철저하게 무관심한 인물들이다. 그들의 속물적 일상성은 세계에 대한 주체적 인식과 적극적인 발언의 자리를 마련하지 않는다. 그러면 속물적 인간들의 주요 관심은 주로 세속적인 욕망으로 주로 의(衣), 식(食), 주(住), 성(性), 부(富), 명예(名譽), 승진(昇進)에 대한 관심을 넘어서지 못한다. 그러한 물욕에만 관심을 두고 진부한 표현과 속물적 언어를 구사하는 시장과 지방 관료, 그리고 흘레스타코프는 대표적인 속물들이라 할 수 있다. 지방 행정 기관의 우두머리인 시장은 거대한 상징성과 함축성을 지닌 풍자적 인물이다. 고골이 시장을 통해 자기 자신의 모든 속물적인 요소를 외면화하고 있다면, 흘레스타코프에서 고골은 바로 자기 인격의 특징인 무책임성, 천박한 마음, 절제 감각의 부재를 상징하고 있다. 흘레스타코프는 매우 생기발랄하다. 그러나 이 생기는 조용하고 야심만만한 열등감에 기초하여 구현된 무의미한 움직임이며 소동이다. 이 작품의 아무도 속물로부터 자유로울 수 없다. 우리 인간도 욕망이 있는 한 속물성에서 벗어나지 못한다. 고골은 도덕적인 목적을 가지고 생활 속에서 추악하고 우스꽝스러운 것들을 확대하여 우리 인간의 속물성을 보여 주고자 했다.

2-8 도덕풍자냐 사회풍자냐

예나 지금이나 러시아에서 풍자에 대한 담론의 장은 활발하게 전개되어왔다. 러시아 문학사에서 풍자 문학은 시인 칸테미르에 의해 본격적으로 수용되었고, 1769년 예카테리나 여제에 의해 창간된 풍자 저널《잡동사니(Vsiakaia vsiachina)》에서 절정을 이루었다. 외국의 풍자 저널을 모방한 그 저널은 격렬한 사회 제도나 정치 문제를 회피한 채 보편적인 인간의 문제와 약점만을 풍자하는 데 치중했으며, 웃음을 통해 사람들의 태도와 행동 양식을 교정해 보겠다는 목적이 있었다. 그러나 당대의 최고 저널리스트인 노비코프는 그러한 저널의 성격에 크게 반발하여 자신의 풍자 저널《수필(Truten')》을 창간하였다. 노비코프는 처음부터 보편적 인간의 약점보다는 당시 러시아의 사회 제도(농노 제도)와 관료 제도의 구체적인 악과 부패상을 풍자하고자 하였다. 예카테리나와 노비코프는 풍자의 기본 개념에 대한 인식의 차이가 너무 컸으며, 풍자의 성격과 과제라는 명제에 대해 서로 대립하였다. 그러나 그들의 논쟁적 담론은 러시아에서 논쟁 문학을 발전시키는 계기가 되었다. 풍자 문학은 희곡의 발전에도 큰 영향을 주었다. 풍자에는 역설, 아이러니, 과장, 축소 등 모든 '웃기는' 방법이나 해학과 기지 같은 웃음을 유발하는 말투가 동원된다. 그런 까닭에 풍자는 희극과 잘 어울린다. 그럼에도 불구하고 순수한 희극은 웃음을 위한 웃음을 목적으로 하고 웃음의 대상이 희극 자체에 포함되어 있는 반면, 풍자는 도덕적 그리고 지적 열등생들을 경멸적 웃음의 대상으로 삼고 있다. 그 열등생들은 작품 속이라기보다는 현실 사회에 존재하는 부류로 인식된다.

풍자에 대한 논쟁은 보편적인 인간의 약점에 대한 조소나 빈정거림이냐 아니면 사회 제도에 대한 비판인가로 수렴되는 경향이 있다. 고골 역시 『검찰관』에 대한 자기 생각과 비평가들의 의견에는 상당한 차이가 있었다. 이 작품에서 고골은 타락한 인간에 대한 도덕적 비난을 하고자 했으나, 비평가들은 그의 작품을 도덕 풍자가 아닌 사회 풍자로 간주하였다. 사실 요즘 풍자에 대한 개념이 장르 개념인지 아니면 하나의 문학 기법인지 정의 내리기가 쉽지 않다. 어떤 평자들은 개인, 사회, 정치 등의 악덕과 모순, 부조리와 허세 등을 비판하거나, 또는 조소하며 빈정대는 표현 기법을 풍자라 간주한다. 어떤 평자들은 풍자를 하나의 장르로 취급한다. 물론 서양에서 로마 시대에는 풍자가 한 장르의 이름이었으나, 18세기 이후에는 모든 장르에 나타날 수 있는 특수한 태도 또는 어조를 뜻하게 되었다. 풍자에 대한 어원은 일반적으로 '가득히 담긴 접시'라는 뜻의 라틴어 'lanx satura'에서 유래한다. 이 말은 뒤에 '혼합물'이나 '인간의 어리석은 행위를 조롱하기 위해 각각 다른 주제를 잡다하게 다룬 것'을 뜻하게 되었다. 문학, 음악, 미술, 무용, 영화 등 예술 분야뿐 아니라 인간이 나타낼 수 있는 표현 형식 대부분은 풍자의 수단이 된다고 할 수 있다.

풍자는 특성상 언제나 현실에 대한 부정적, 비평적 태도를 보이므로 아이러니와 비슷하지만, 아이러니보다는 날카롭고 노골적인 공격 의도를 지닌다. 또한, 대상의 약점을 폭로하고 비판하는 데 있어 직접적인 공격을 피하고 간접적으로 빈정거리거나 유머의 수단을 이용한다. 그러나 냉소주의처럼 소극적인 태도로 인생을 백안시하고 냉소하는 행위에 그치거나 파괴를 위한 파괴 또는 단순한 비난과는 달리 공격 뒤에 교정과 개량의 목적을 가진다. 이 밖에 풍자가 자아내는 웃음은 소박한 웃음에 비해 내적으로 공격하는 음험성과 복잡성을 띠고 첨예화하는 특징이 있다. 러시아의 대표적인 풍자가로는 N. V. 고골과 M. E. 살티코프-셰드린 등이 있다. 풍자는 운문이나 산문처럼 딱딱한 전달 형식이 아니라 평소에 말할 때의 자연스러운 말투로 발달하여 시와 일상 언어, 우화와 기록문학, 대화와 독백에서 모두 가능하게 되었다. 교훈주의 문학 중에서도 가장 현실적이라 할 수 있는 풍자문학은 인류의 보편적 약점에 대한 비판으로 승화되기도 한다. 더 나아가 풍자는 시대적 제한을 벗어나 인류 전체로 하여금 인류 공통의 약점을 함께 웃게 하는 상상적 문학으로 받아들여지고 있다.

고골의 『검찰관』에 대한 담론을 풍자와 연결하여 당대 비평가들의 반응을 살펴보면 흥미 있다. 대표적인 급진주의 비평가들인 벨린스키와 뱌젬스키는 그 작품을 전제주의 체제의 모순을 그려 낸 사회 풍자 작품으로 평가하였다. 뱌젬스키는 이 희극이 '희극을 가장하여 사회에 정치적인 폭탄을 내던진 자유 선언서'라고 하였다. 보수주의자들 가운데 불가린과 센콥스키같은 비평가들 역시 관료주의를 고발하는 사회풍자 작품으로 생각하였다. 사회 풍자로 볼 때 시장, 판사, 병원장, 교육감, 경찰, 그리고 우체국장은 마치 정부 각 부처를 대표하는 사람들의 직책을 압축적으로 상징한다. 그리고 그들이 보여 주는 부패한 모습들은 러시아 지배 계층 각 분야의 부정부패를 담고 있다. 비평가 안드로소프는 이 작품을 부패한 관리들에 대한 도덕적 풍자로 간주하였다. 안드로소프는 "희극으로부터 외적 진실만을 찾는데 익숙한 동시대인들의 요구는 잘못된 것"이라 지적하였다. 시장이나 판사를 보고 웃는 것은 권력이나 재판을 보고 웃는 것이 아니라 그들의 배임 행위를 비웃은 것이라는 고골의 입장을 옹호하는 것이었다. 안드로소프의 견해는 고골이 「새로운 희극의 공연 후 극장을 떠나며」라는 에필로그에서 토로한 고골 자신의 미학 사상과 유사하다. 풍자가 남을 공격하기 위한 풍자가 아니라 어리석고 부족한 인간들의 모습을 드러내는 도덕 풍자에 대한 담론은 시장의 말 속에 나온다. 1막 1장에서 시장은 "…… 털끝만 한 잘못이 없는 놈이 세상에 어디 있어. 이건 말하자면 하느님께서 처음부터 그렇게 만들어 놓으신 거니까"라는 말을 염두에 두면 풍자의 대상은 특정 인물들이 아니라 태초부터 인간에 내재 되어 있던 인간의 거짓과 허위, 기만, 악이 숨어있는 삶 자체가 되는 것이다. 정리하면 고골의 『검찰관』은 풍자 코미디로서 인간의 약점뿐만 아니라 사회 제도를 신랄하게 비판한 풍자 작품이다.

2-9 비평가들의 견해

고골의 『검찰관』에 대한 비평가들의 담론을 살펴보면 크게 두 방향으로 수렴된다. 하나는 벨린스키를 중심으로 한 시민비평가(공리주의비평가)들의 담론이고, 또 다른 하나는 미학비평가들의 담론이다. 벨린스키는 『검찰관』의 기본적 의미를 관료 세계의 가면을 폭로하는 것으로 생각하였다. 그의 생각은 "망령된 인간은 모름지기 어떤 망령이나 허깨비, 아니 차라리 죄의식에서 오는 공포의 그림자라고 해야 할 어떤 존재에 의해 처벌받아 마땅하다."라는 것이다. 벨린스키의 비평은 도브롤류보프, 게르첸, 체르니셉스키 같은 시민 비평가들의 담론으로 계승 발전되고 궁극적으로는 사회주의 비평으로 이어진다. 그리하여 소비에트 비평가들은 『검찰관』을 차르 니콜라이 통치하에서 발생한 부정부패를 그린 사회적 기록으로 해석하였다. 소비에트 비평은 흘레스타코프를 관료 세계의 허위를 폭로하고자 공포의 감정을 유발하는 허깨비, 즉 망령으로 해석하고 있다.

반면에 서구 평론가들은 일반적으로 연극에 나타난 환상적이면서 그로테스크한 요소와 비현실적인 분위기를 강조한다. 일찍이 니체는 고골을 현대 퇴폐주의의 전형이라고 했고, 메레주콥스키는 고골을 러시아적 반동의 전조라 하였다. 메레지콥스키는 연극의 종교적인 요소를 강조하고, 윌리엄 우디 로우는 흘레스타코프를 인간을 현혹하는 악마로, 최후의 심판에 즈음하여 나타난 적그리스도로 해석하고 있다. 도널드 팽거는 흘레스타코프의 특성을 '공허(vacuity)'로 규정짓고 있다. 그는 흘레스타코프를 심신이 모두 비어 있는 실체, 그리하여 그 실체조차 파악하기 어려운 무(無)와 공(空)의 화신으로 파악하였다. 루돌프 카스너와 그의 후계자들은 현대의 심층 심리학을 고골에게 적용하였다. 어떤 학자들은 고골을 프란츠 카프카와 동일 선상에 놓았다. 형식주의자들은 고골의 희곡을 언어 조직이라는 측면에서 연구 분석하고 있다. 유리 로트만은 흘레스타코프를 허구적 인물이지만 역사적 인물 유형과 관계가 있다는 가정하에 당시 러시아 사회에 실재했던 문화적 역사적 맥락을 살피고 있다. 그의 설명에 따르면 흘레스타코프의 의식 세계를 가득 채운 자기 비하의 감정과 동시에 현실 세계의 자신으로부터 탈출하고 싶은 욕망이 엄청난 거짓말을 낳는다는 것이다. 그러나 지금까지 『검찰관』에 대한 연구는 여전히 많은 수수께끼를 남겨 놓았다. 벨르이의 말처럼 "우리는 아직도 고골이 무엇인지 알지 못한다."

이 작품의 장르에 관한 연구도 있다. 러시아 비평가 기피우스는 고골의 『검찰관』에 나타나는 보드빌 요소를 연구하였다. 특히 흘레스타코프의 사랑 이야기는 보드빌적 요소가 강하게 나타난다는 것이다. 보드빌(Vaudeville)이란 "서로 관련이 없는 노래들, 무용들, 촌극, 곡예, 요술, 팬터마임, 인형극 및 다양한 묘기들의 연속적인 공연들로 구성된 오락물"을 말한다. 이 단어는 노르만디에 있는 한 마을의 이름인 '보-드-비르'에서 유래하였다. 오늘날에는 보드빌로 알려진 '버라이어티 쇼(variety show)'가 생겨났다. 러시아 비평가 벨린스키는 보드빌을 다음과 같이 정의하고 있다. "다양한 민족의 가정에서 일어난 생활의 특징을 그 사소하고 이상스런 일과 함께 묘사할 때, 그것은 예술 작품이 될 수 있다…… 보드빌은 하층 생활

즉 개인과 사회의 가족 생활을 풍자적으로 말하고 고급 드라마의 식탁에서 떨어진 파편들을 주워 모은다. 그것은 경구가 풍자성을 띠듯이 풍자와 관련이 있다. 그것은 삶에 대해 격렬하게 소리 내어 웃지 않지만, 삶에 얼굴을 찌푸린다…… 결국, 그것은 어떤 일상 사건에 대한 즉흥시와 같다." 그러나 고골은 보드빌로 익살을 보여 주는 몰리에르의 전통을 극복하였다. 고골은 유럽 희극의 전통보다는 순수 러시아 희극 전통을 창조적으로 계발시켰다. 외국 작가인 코넬리나 몰리에르 같은 작가들의 영향보다는 러시아 희극의 토양이라 할 수 있는 폰비진의 『미성년』, 카프니스트의 『야베다』, 그리보예도프의 『지혜의 슬픔』과 같은 풍자 희극의 전통을 계승 발전시켰다.

우리가 간과해서는 안 될 20세기의 두 연출가 스타니슬랍스키와 메이어홀드가 있다. 스타니슬랍스키는 『검찰관』을 1908년과 1921년 두 번에 걸쳐 무대에 올렸다. 그는 배우들의 내면적 연기를 강조하였다. 고골의 등장인물들은 너무나 연극적이기 때문에 연기하기가 쉽지만은 않았다. 등장인물들은 아는 체를 많이 하지만 어리석고, 아름답지만 천하고, 가까운 사이이면서 싫어지고, 용감하다가도 비겁해진다. 그들의 성격을 분석하면 할수록 모두 똑같은 본성을 갖기 때문에 내면의 연기를 보여 주어야 한다는 것이다. 메이어홀드는 1926년에 『검찰관』을 무대에 올렸다. 그는 이 희곡을 리얼리즘과 과장법, 그리고 환상 등이 독특하게 결합된 작품으로 보았다. 고골의 표현 방법이 희극적이기는 하지만 전체적인 효과는 슬픈 것이며, 희비극으로 연출해야 한다고 생각했다.

2-10 흘레스타코프는 누구인가

주인공 흘레스타코프는 페테르부르크 관청에서 14등관 (kollezhskii registrator)의 말단 서기로 근무하는 스물세 살의 하급 관리이다. 그는 변화무쌍한 환영 같은 인물일 뿐만 아니라, 속임수가 의인화된 것이라 할 수 있다. 그는 거짓말의 천재로서 황당한 거짓말을 하는데 천부적인 재능을 보인다. 숨소리만 정상이지 입만 뻥긋하면 모든 것이 거짓말이다. 그가 문인을 이야기하면 푸시킨과 친구이고, 사회적 신분을 말할 경우, 공작이나 백작의 칭호를 가진 고관대작들과 대등한 신분을 유지하고, 관료로서는 이미 대신을 지낸 바 있고, 조만간에 총사령관에 임명될 것이라는 거짓말을 거침없이 한다. 그의 말은 항상 극대화된 과장과 허풍으로 넘쳐난다.

흘레스타코프의 말이 통할 수 있는 당시 러시아 문화에 대한 심층적 분석이 필요하다. 그의 선조를 찾아서 이야기해 볼 필요가 있다. 고골은 흘레스타코프라는 인물을 가리켜 '속임수가 의인화된 인물, 변화무쌍한 환영과 같은 인물'이라고 했다. 이것은 그의 놀라운 변신의 연기 능력을 말한다. 즉 흘레스타코프는 마음만 먹으면 즉시 의도한 대로 완전히 변화된 인물로서의 전환이 가능하다. 달리 말하면 그는 가장 자연적인 상태에서 천재적인 모방의 재능을 발휘하여 자기 자신이 아닌 다른 제3의 인물로서 자유자재로 변신을 실행하는 것이다. 그런데 이처럼 기이한 성격의 흘레스타코프는 작가의 순수한 창작이 아니라 당시 러시아 사회에 존재하는 사회적 성격 가운데 하나라는 것이다. 고골은 흘레스타코프가 러시아의 다양한 인물들 가운데 산재한 하나의 유형이라는 것이다.

유리 로트만은 문학상의 흘레스타코프라는 인물이 역사적이며 심리적인 유형과 연관이 되어 있다는 심증을 굳히고 구체적으로 규명 작업을 시도하였다. 고찰 대상은 위대한 거짓말쟁이로 잘 알려진 드미트리 자발리신, 그의 동생 이폴리트 자발리신, 로만 매독스, 그리고 레페틸로프를 선정하였다. 당시에 드미트리 자발리신은 교육 수준이 매우 높고 자만심과 허영심이 많은 모험가였다. 그러나 이미 스무 살의 나이에 범우주적인 야망을 실현시킬 구체적인 계획을 세우고 있었다. 그러나 현실적으로 아직 지위가 낮은 해군 장교로서 그는 원대한 꿈과 포부를 이룰 수 없는 여건이었다. 물론 '12월당 운동'에도 관여하였지만, 그의 나이나 직책으로 보아 비밀 결사 운동에서도 주도자가 될 수 없었다. 이에 그는 돈키호테적 환상으로 현실을 왜곡하고 자신의 꿈을 상상 속에서 정정해 나가기 시작한다. 그는 자기 자신을 탁월한 재능과 능력 그리고 천재성이 있는 인물로 자찬하며 미화한다. 이러한 자기기만은 그의 『회고록』에서 절정을 이룬다. 이것은 왜곡되고 오류투성이였던 자신의 현실로서의 삶이 아닌 누리고 싶었던 빛나는 삶을 기술하고 있다.

2-11 흘레스타코프시나란 무엇인가

고골의 희곡 『검찰관』의 주인공 흘레스타코프는 첫째로 거짓말쟁이로서 둘째로 골빈 사람으로서 셋째로 전형적인 속물로서 넷째로 변신의 천재로서 다섯째로 사칭자로서 행동

한다. 그는 거짓말을 하는데 전혀 부끄러움을 느끼지 않는 성격이다. 거짓말을 창조적 예술로 변형시키는 허풍쟁이이지만 그의 거짓말은 낭만적인 면도 있다. 다른 한편으로 순진하며 진실한 면도 있지만 자기 과시적인 성격으로 잘난 척하기를 좋아한다. 그리하여 유명한 사람이나 주요 인사를 사칭하기 좋아한다. 습관적으로 말 바꾸기를 잘하고 바람둥이 기질에 성격이 경솔하다. 뇌물 받기를 좋아하면서도 겉으로는 안 그런 척하는 전형적인 속물이기도 하다. 사실 그의 성격을 어느 하나로 정확히 말하기가 쉽지 않다. 그의 정체성을 규정하기가 쉽지 않으나 흘레스타코프와 같은 인물의 성격이나 행동 양식을 규정해 주는 용어가 있다. 그의 '과장된 거짓말'이나 '그와 같은 행동 양식'을 우리는 '흘레스타코프시나(Xlestakovshchna: 흘레스타코프주의)'라고 말한다. '흘레스타코프시나(Xlestakovism)'는 거짓 사상의 화신인 흘레스타코프가 만든 하나의 특이한 담론이다. 지금까지 연구가들이 그의 정체성을 연구해 왔으나 만족할 만한 해답을 찾을 수 없었다. 어쨌든 흘레스타코프시나의 본질을 이해하려면 텍스트 안과 밖 양쪽에서 러시아인의 실제적인 행동 규범을 분석하는 것으로부터 시작하는 것이 타당하다.

문학상 흘레스타코프라는 인물은 명확하게 역사적 심리학적 유형과 연관되어 있다. 그렇다면 그러한 유형이 등장할 수 있는 역사적 상황과 조건이란 대체 어떤 것일까. 첫째로 흘레스타코프시나는 낭만주의적 성격에서 나온다. 흘레스타코프와 같은 인물은 고도로 발전된 낭만주의적 행동의 모형에서 나온다. 그러나 흘레스타코프시나는 낭만주의 발생에서 나오는 것이 아니라 낭만주의의 소비자에게서 나온다. 고도로 발달한 문화에 기생충같이 빌붙어 살아가면서 그 문화를 단순화하는 흘레스타코프시나는 특수한 환경을 필요로 한다. 흘레스타코프 같은 유형의 인물들은 주관적인 자의식이 넘치는 낭만주의자들이다. 일반적으로 사실주의 계열의 예술은 예술이 삶을 모방하는 데 비해, 낭만주의에서는 삶이 예술을 모방하는 경향이 있다. 이러한 낭만주의적 배경 아래 기묘한 형태를 띠고 탄생한 것이 흘레스타코프와 같은 부류의 허황되고 상상과 현실의 세계가 일체화되지 않는 사람들의 집단인 것이다. 연극에 종사하는 사람들뿐만 아니라 문학이나 영화에 광적인 사람들이 저지르기 쉬운 행동 양식이다. 그리고 낭만주의 시대에 언어의 발달은 예술가에게는 창조적 상상력을 일깨우는 반면 평범한 사람들에게는 '위대한 거짓말의 재능'을 촉진하는 결과를 초래하였다. 낭만주의는 야망의 심리학에도 변화를 주었다. 그 직접적인 동기는 프랑스 혁명과 나폴레옹이었다. 푸시킨의 "우리는 모두 나폴레옹과 같은 인물이 되려고 분투한다."라는 구절은 결코 농담이 아니었다. 그리하여 러시아 낭만주의 시대의 인간들은 자신을 나폴레옹 같은 인물로 평가하려 했다.

둘째로 흘레스타코프시나는 관료주의의 경직성에서 나온다. 러시아 사회와 문화적 배경은 니콜라이 1세의 집권과 더불어 경색되기 시작하였다. 그의 통치 시대에는 역동적인 문화 발전 없이 국가 관료주의만 팽창되어 갔다. 표트르 대제 시대에 역동적 추진력을 받았던 러시아의 사회적 발전은 니콜라이 1세의 통치 시기에 얼어붙었다. 그 시대의 문화에는 뿌리 깊은 전통이 부재했기 때문에 특정한 관료주의 분야에서 '예외적일 정도로 사고의 경박성'과 '모든 것이 허용된다'라는 관념과, '기회는 무한하다'라는 신념이 창출되었다. 국가 관료주의란 본질적으로 위선적인 성격을 지니므로 진실을 은폐하기 위한 거짓을 쉽사리 허용하게 마련이다. 이러한 것들이 개인의 심리에 이식되었을 때, 그 결과로 나타난 것이 흘레스타코프시나이다.

셋째로 흘레스타코프시나는 권위적인 전제주의에서 나온다. 전제주의는 언론을 억압하고, 통계 자료를 왜곡하고, 모든 종류의 공적 책임을 의례적인 거짓으로 변형시킨다. 그리하여 니콜라이 1세의 전제 정치는 자신에게 하나의 유일한 정보의 원천인 비밀경찰만을 남겨 놓았다. 그러나 이것은 전제 정치를 특수한 소극같은 비극적 상황으로 몰아넣었다. 실제로 니콜라이 1세는 자신의 국가를 전제와 임의적 지배의 형태로 통치하려 했으므로 '제3부'와 같은 정보기관을 발달시켰다. 그러나 그 정보기관의 부작용으로 국가 내부에는 모험가와 멍청한 얼간이들이 대표적인 인물형으로 남게 되었다. 교활한 시장이 어떻게 하여 그처럼 어리석은 흘레스타코프에게 기만당하는가를 설명해 줄 수 있을 것이다.

넷째로 흘레스타코프시나는 하나의 속임수이며 환영이라 할 수 있다. 작가 고골은 흘레스타코프라는 인물을 가리켜 '속임수가 의인화한 것 같은, 변화무쌍한 환영 같은 인물'이라고

했다. 이 말은 그의 놀라운 변신의 연기 능력을 대변해 준다. 즉 흘레스타코프는 언제 어디서나 마음만 먹으면 즉시 의도한 대로 완전히 변화된 인물로서의 전환이 가능하다. 달리 말하면 그는 가장 자연적인 상태에서 천재적인 모방의 재능을 발휘하여 '자기 자신'이 아닌 '제3의 다른 인물'로의 탈바꿈을 자유자재로 실현하는 것이다.

다섯째로 흘레스타코프시나는 연극성이 강한 인간의 유형에서 나온다. 흘레스타코프 같은 인물이 공통으로 지닌 특징을 살펴볼 수 있다. 그것은 그들에게 있어서 '행위'란 인격과의 통일체가 아니라, 연극 무대에서의 주어진 '배역'이나 갈아입는 '옷'처럼 인격에 선택되어 원하는 대로 '입혀질 수 있다'라는 사실이다. 그들의 고유한 인격과 그들의 행위는 분리되어 있으므로 필요하다면 언제든지 이전의 행위는 마치 기억 상실에 걸린 듯이 완벽하게 잊혀진 채, 요구되는 다른 행위로의 순간적이고 민첩한 변환이 가능한 것이다. 흘레스타코프와 가장 많이 닮은 사람은 시장이다. 그들은 서로서로 전염시키는 존재들이다. 흘레스타코프는 어쩔 수 없는 상황에서 상상력으로 자기 사정의 심각함을 가볍게 하고, 상상 세계를 자기 현실이라 착각하면서 만족을 누린다. 그러다가 관리들의 오해와 맞물려 동시에 연극성이 발휘된다. 관리들의 연극성에 전염된 흘레스타코프는 자신도 모르는 사이에 상상의 세계에서 연극의 세계로 이동한다. 반면에 시장은 그 반대의 수순을 밟는다. 시장도 전적으로 연극의 세계에 속하는 사람이었다. 그러다가 흘레스타코프가 불어넣어 준 환상에 의해서 상상의 세계로

옮아간다. 마침내 그는 장군이 된 자기 모습을 상상한다.

여섯 번째로 흘레스타코프시나는 자기 비하와 자기 경멸에서 나온다. 흘레스타코프는 전혀 다른 유형의 인간이다. 그가 하는 거짓말의 기초는 자신의 인품에 대한 무한한 경멸이다. 거짓말하는 행동은 그를 술 취하게 만든다. 그 이유를 정확히 말한다면, 그는 상상의 세계에서 자기 자신이기를 그만둘 수 있기 때문이며, 자기 자신을 제거하고 다른 사람이 될 수 있기 때문이며, 단수 1인칭을 단수 3인칭으로 변화시킬 수 있기 때문이다. 왜냐하면, 흘레스타코프 자신은 '나'가 아니라 '그'만이 정말로 흥미로울 수 있다는 사실에 대단한 확신이 있기 때문이다. 이것은 흘레스타코프의 자만심에다가 자기주장이라는 불건전한 그림자를 덧붙인다. 그는 내심으로 자기 비하로 꽉 차 있기 때문에 반대로 자신을 하늘 끝까지 찬미한다.

2-12 웃음의 시학

『검찰관』에는 긍정적인 인물이 한 명도 없이 부정적인 인물들만 등장한다. 그러므로 선과 악의 투쟁이 없다. 등장인물 모두가 속물이거나 악의 무리이기 때문에 여기서는 싸울 대상이 없다. 선은 찾아볼 수가 없다. '단 하나 긍정적인 것이 있다면 그것은 웃음이다'라고 고골은 말했다. 웃음은 고골 문학의 창조적 힘이며 비밀이다. 그는 누구보다도 웃음이 인간 고유의 특성임을 간파하였다. 인간이 인간적임은 바로 웃음이 있기 때문이다. 인간의 본질을 웃음이라고 정의할 때, 그것은 웃음만이 아니라 인간 그 자신에 대한 정의도 된다. 그의 작품은 웃음을 떠나 말할 수 없고, 모든 것은 희극적 전망으로 재구성된다. 고골의 웃음은 그것이 유발되는 희극적 상황에서만 생겨나는 것은 아니다. 비극적 상황으로 인식될 수 있는 자리에서도 웃음은 여전히 유지되며 더 빛을 발한다. 그의 작품에선 언제나 불안과 고뇌의 그림자가 점점 짙게 드리워지는 것을 쉽게 볼 수 있다. 그러나 이 비관적 전망에도 고골은 웃음을 잃지 않고 있다. 웃음은 영혼 그 자체, 그의 영혼의 소리인 것이다. 고골의 웃음은 하나가 아니라 여러 층위에서 생겨난다. 여러 층위에서 각기 다른 울림으로 다가오는 고골의 웃음은 다양하다. 고답적인 웃음, 냉소적인 웃음, 풍자적 웃음, 마법적 웃음, 유혹의 웃음, 음흉한 웃음, 악마의 웃음, 비극을 동반하는 슬픈 웃음 등이 그러하다.

학자들은 『검찰관』의 웃음을 다양하게 정의한다. 그 작품은 첫째로 악을 응징하고 인간을 정화하는 무기로서의 웃음, 둘째로 웃음을 위한 웃음, 셋째로 공식화된 지배계급의 문화에 조소를 보내며 세상을 거꾸로 보는 민중들의 카니발 웃음, 넷째로 전 인류를 화해의 장으로 이끄는 조화와 화합의 웃음을 보여준다는 것이다. 다섯째로 웃음 뒤에 나타나는 공포이다. 제5막 마지막 장면은 웃음과 공포를 유발하는 유명한 장면이다. 주인공 흘레스타코프가 도망가고 난 뒤에야 자신들이 속았다는 사실을 알게 된 시장과 지역 유지들은 분통을 터뜨린다. 바로 이때 진짜 검찰관이 나타났다는 전갈을 듣는다. 무대 위의 모든 인물이 경악하고 몸이 화석처럼 굳어 버리고 관객은 폭소를 터트리고 막이 내린다. 고골은 이 장면을 지문에서 '정지 화면(1분 30초)'으로 처리하라고 요구한다. 여섯째로 학자들이 공통으로 인정하는 것으로서 『검찰관』에서 보여 준 웃음은 '눈물로 가려진 웃음 (Smekh skvoz′ sliozy)'이라 할 수 있다. 그리고 고골의 웃음에는 언제나 '누굴 비웃는 것은 자신을 비웃는 것이다(Nad kem smeetsja—nad soboj smeetsja)'라는 메시지가 담겨 있다. 그리하여 고골은 『검찰관』의 부제로 '제 얼굴 비뚤어진 줄 모르고 거울만 탓한다'라는 속담을 선정하고 있다. 관객들은 무대 위에서 펼쳐지는 속물적인 등장인물들의 모습을 보고 웃어 대고 조롱한다. 여기서 무대가 '거울'이라고 상상해 보자. 무대가 거울이라면 그들의 모습이 바로 관객들의 자기 모습인 것이다. 웃음은 순식간에 공포로 변한다. 관객들은 무대 위에서 펼쳐지는 우스꽝스러운 소동을 보면서 웃음과 무서움을 동시에 느끼게 된다. 고골은 실제로 관객들이 그러한 깨달음을 얻어 가기를 기대했다. 제5막의 마지막 정지 화면은 처음엔 웃음을 유발하지만, 차츰 그 웃음은 자신도 무대의 타락한 인물들과 다를 게 없는 속물이라는 생각과 더불어 공포로 바뀐다. 웃음에서 공포로 변해 가는 것이 고골의 의도였다. 고골은 공포를 통해서 관객들을 도덕적으로 정화하고자 한 것이다. 얼핏 보기에 상반되는 것처럼 보이는 웃음과 공포의 조화는 고골 문학의 핵심적인 요소이다. 그의 이야기들은 기본적으로 우스운 이야기이지만 동시에 무서운 이야기이다.

2-13 고골의 캐릭토님

러시아 작가들이 선호하는 소설 기법들 가운데 아직도 상용되는 전통적인 기법 가운데 하나인 '캐릭토님(charactonym)'을 소개하겠다. 캐릭토님이란 간단히 말해서 작가가 등장 인물에게 붙여 준 이름을 뜻한다. 작가는 작중 인물의 외모나 성격 또는 직업에 걸맞는 그 나름대로의 의미를 지닌 이름을 짓는다. 아리스토텔레스는 캐릭토님을 '의도적인 이름'이라 칭했으며, 다른 말로 '어울리는 이름'이라 부르기도 한다. 고골이 즐겨 사용한 캐릭토님 기법을 살펴보면 희곡을 좀 더 재미있게 읽을 수 있다.

고골은 풍자희극『검찰관』에서 캐릭토님을 광활하게 이용하고 있다. 다른 작가들과는 달리 고골은 부정적인 인물과 대비시키기 위한 긍정적인 인물들을 내세우지 않는다.『검찰관』에는 도덕적인 메시지를 전달하는 긍정적인 인물이 전혀 없다는 것이 특징이다. 고골의 등장인물들이 이야기할 때, 그들은 자기들의 우스운 성격을 강조하기 위해 종종 체계가 전혀 서지 않는 무의미한 폭언을 일삼는다. 고골은 역시 코믹하고 극적인 기법으로써 그로테스크 효과를 극대화하는 데, 이 방면에 당할 자가 없다. 그로테스크는 그의 캐릭토님 기법에서 분명하게 나타나는 특징이기도 하다. 고골의 풍부한 캐릭토님 기법을 이해하기 위해서는『검찰관』에 나오는 인물들과 그들의 이름을 검토해 보는 것이 가장 좋다.

시장인 안톤 안토노비치 스크보즈니크-드무하놉스키는 거리낌 없이 뇌물을 요구하기도 하고 받기도 하며 도시를 가혹하게 통치하는 중년의 타락한 공무원이다. 그는 자신의 위치와 권력의 한계를 알고 적절히 아부하고 겸손을 부리기도 하는 처신의 대가이기도 하다. 그의 이름은 자기 아버지의 이름과 같다. 이는 그 역시 그의 가족 전통으로 남아 있는 모든 특성을 지니며, 그의 아버지와 같은 인물이라는 사실을 알려 준다. 스크보즈니크는 '통하여'라는 의미의 러시아어 전치사 'skvoz''에서 유래한 말이다. 문학 비평가 운베가운의 말에 따르면 드무하놉스키는 '한바탕 획 부는 바람'이라는 의미의 우크라이나어에서 유래한다. 복합어로 된 이 성(姓) 스크보즈니크-드무하놉스키는 '틈으로 들어오고 빠져나가는 바람'이라는 의미로서 곤경을 빠져나가는 솜씨가 보통이 넘는 이상의 행동을 함축적으로 나타낸다. 좀 더 의미를 확대 해석하면 성(姓)은 지금 아무리 세력이 강하다 할지라도 결국에는 그의 세력도 한바탕의 바람과 같을 뿐임을 암시한다. 더욱이 이 작품이 끝날 때까지 그는 줄곧 교활한 악당으로서 세력가의 역할을 하게 된다.

교육감으로 나오는 루카 루키치 흘로포프는 소심하고 비굴하고 노예근성이 강한 인물이다. 그의 이름 '루카(Luka)'역시 '교활하다'라는 의미의 러시아어 'lukavit''에서 나왔다. 아마도 그는 시장의 추천으로 학교장에 임명되었기 때문에 시장의 권력에 기생하는 인물이라 할 수 있다. 자기 아버지와 똑같은 이름을 갖고 사는 것으로 보아 그도 역시 세대를 통해 아버지의 유전적 특징을 전수됐음을 쉽게 상상할 수 있다. 그의 가문을 나타내는 성(姓)은 아주 다양한 해석의 가능성을 제

공한다. 음성적 측면에서는 '빈대'를 의미하는 '클로프(klop)'
와 아주 가까운 연관이 있다. 러시아어에서 'g, k, x'는 기식음
으로 동일한 성격을 갖는 자음들이다. 운베가운은 '농부'를 뜻
하는 폴란드어인 '흘로프(Chlop)'와 연결된 러시아어 '흘로프
(xlop)'와 지소형 '흘로프코(xlopko)'에서 파생된 유형이라고 해
석한다. 그리고 러시아어 '흘로포타치(khlopotat´)'는 '배려하다,
분주하다, 도와주다, 보살펴주다, 바쁘게 일하다' 등의 의미가
있다. 아주 사소한 일에도 어쩔 줄 모르고 신경을 쓰는 소심
한 교육감의 성격을 나타낸다. 어느 해석이나 그 인물에 어울
리는 그럴듯한 해석이라고 할 수 있다.

　고골은 종종 등장인물의 우스운 성격을 강조하기 위해 이
름의 음성적 특징을 잘 활용한다. 『검찰관』에서 세 명의 작
중 인물이 이러한 음성적 기법을 반영한다. 판사 암모스 페도
로비치 랴프킨-탸프킨, 쌍둥이 지주 표트르 이바노비치 도브
친스키와 표트르 이바노비치 보브친스키의 이름이 그러한 장
치이다. 판사의 혼합된 성의 운율 맞추기, 두 쌍둥이 지주의
성에서 나오는 소리의 리듬은 이러한 인물들을 우습게 만드
는 요인이 되기도 한다. 판사의 이름에는 의미론적으로 '부주
의한, 단정치 못한'을 의미하는 '탸프 다 랴프(Tiap da liap)'라
는 표현이 연상된다. 운베가운의 말에 의하면 '탸프 다 랴프'
는 개가 물을 마실 때 나는 소리를 암시한다고 한다. 이는 판
사가 뇌물로 받은 사냥개를 특히 좋아하는 것과 내적으로 연
관되기도 한다. 날림으로 눈 깜짝할 사이에 해치우는 일에 대
하여 그러한 말을 쓰기도 한다. 사무를 처리하는 판사의 태도

를 말해 준다. 도브친스키와 보브친스키라는 이름을 의미론
이나 음성적 효과와 연관시키는 일도 가능하다. 두 이름에 공
통으로 나오는 '친(Chin)'은 귀족의 '관등'을 가리키는 말이고,
'도브(dob)'와 '보브(bob)'는 각각 '좋은(dobro)'과 '콩(bob)'을 의
미한다. 두 쌍둥이의 모습을 구별하기 어려운 것처럼, 이름도
역시 음운 'd'와 'b'의 차이밖에 없기 때문에 구분하기가 쉽지
않다. 사실 도브친스키와 보브친스키 형제는 서로 없어서는
안 될 얼간이 역을 담당하는 중요 인물이며, 당시의 수많은 지
주와 유사한 인물의 유형에서 유래한 것이라 할 수 있다.

　젊은 방탕아 이반 알렉산드로비치 흘레스타코프라는 캐릭
토님 분석은 아주 흥미로운 해석을 유발한다. '채찍으로 치다'
라는 의미의 단어 '흘레스타티(khlestat´)'는 '흘러나오다, 세차
게 내뿜다, 함부로 말을 지껄이다'라는 부수적인 의미가 있다.
러시아의 종파들 가운데 하나인 신비파 '흘레스티'의 신도들
은 자신의 몸을 채찍으로 때리며 고행의 길을 택한다. 민중 사
이에 나타났던 민족 특유의 어두운 경향을 보여준다. 이 신비
파는 보고밀(Bogomili, 불가리아의 성직자 보고밀로부터 시작된
종파 약 1400년경에 유행하였다.)로부터 시작된 신비주의 종파
이다. 그들의 종교적인 춤은 회교의 고행과 수도승의 춤과 같
다. 그들은 극도의 음란성 때문에 비난을 받기도 했다. 그리
고 흘레스타코프는 머리가 산만한 건달에 대한 적절한 메타
포이다. 작가의 말대로 그 건달의 입에서는 예기치 못한 말들
이 마구 튀어나온다. 그의 언사는 되는 대로 막 지껄이는 것
이 특징이다. 작가의 노트에서 흘레스타코프라는 이름은 역

시 텅 비고 쓸모없음을 내포하고 있는 '총각'이라는 의미의 단어 '홀로스탸크(kholostiak)'를 암시한다. 『검찰관』에서 흘레스타코프의 거짓말과 행동은 러시아 문학사에서 새로운 용어를 낳게 하였다. '과장된 거짓말'을 의미하는 '흘레스타코프시나(Khlestakovshchina)'는 고골 희곡의 주인공 이름에서 생겨난 재미있는 용어이다.

병원장인 아르테미 필립포비치 제믈랴니카라는 이름도 역시 흥미롭다. 그 인물의 성은 '딸기'를 의미한다. 그 이름으로부터 다른 의미를 연상해 낼 수 있는 것은 아무것도 없다. 그 이름이 갖는 외적 이미지는 먼저 우리가 인물에게 호감을 갖도록 한다. 그러나 캐릭토님의 아이러니한 성격은 작품의 전개 과정에서 명백해진다. 세믈랴니카가 승진의 기회를 노리고 동료들을 염탐하고 그들의 잘못된 행위를 당국에 보고하는 습관을 고려해 볼 때, 제믈랴니카는 그 도시에서 가장 위험한 인물이다. 우리가 생각하는 것처럼 그는 그렇게 순진하게 보이는 딸기가 아니라, 그를 둘러싸고 있는 사람들과 아무런 차이가 없는 해로운 인물이다. 고골은 외국인에 대한 자기 나름의 견해가 있다. 독일인 의사 흐리스티안 이바노비치 기브네르의 성을 독일어 'Hubner'에서 유래한 것으로 간주 된다. 그러나 '사라지다, 파괴하다'라는 의미의 러시아어 'gibnut''에는 훌륭한 의사는 환자들의 회복보다는 사망을 더 빠르게 만드는 것일지도 모른다는 암시가 있다. 고골은 학식 있는 외국인에 대해 은밀하게 빈정거리고 있다.

『검찰관』의 등장인물들 가운데서는 역시 캐릭토님을 통해 자기들의 성격을 노출하는 이차적 인물들이 있다. 그들 가운데 가장 악명 높은 경찰서장 우호베르토프와 세 명의 경찰 스비스투노프, 푸고비친, 그리고 데르지모르다가 있다. '우호베르트카(Ukhovertka)'는 '집게벌레나 살짝 고자질하는 사람'을 가리킨다. 경찰서장이 곤충들과 깊은 관계가 있는 것처럼 보인다. '데르지모르다(Derzhmorda)'의 이름은 'derzhat'(잡다)'와 'morda(낯짝이나 동물의 주둥이)'를 결합한 이미지를 연상시킨다. '낯짝을 찌푸리다'에서 유래한 말로 볼 수 있다. 그 이름은 경찰의 기본적인 임무인 범법자를 잡는 일과 연관되고 특히 함부로 지껄여대는 인물을 잡는 일과 연결해 볼 수 있다. 다른 경찰관의 이름들인 '스비스투노프(Svistunov)'는 '휘파람'이나 '호각을 불다(svistnut')'에서 나온 말이고, 푸고비친은 '단추'에서 유래한 이름이며, 이들은 환유적인 캐릭토님으로 간주할 수 있다. 하나는 휘파람 소리에 의해서 대표되고, 다른 하나는 유니폼의 단추에서 나온 말이기도 하다.

우리는 고골의 작품에서 작가의 언어적 재능의 다양성을 볼 수 있다. 고골의 미묘하고도 풍자적인 캐릭토님의 활용은 다른 작가들의 기법보다도 더 세련되었다고 할 수 있다. 고골은 특히 부정의 논리를 통해 인물들을 독창적으로 창조하고 있다. 그는 긍정적인 인간의 유형보다는 부정적인 유형의 인간을 창조하는 데 자신감이 있다. 인간의 악과 결점을 과장해 보이고 그의 선한 기질을 무의미한 것으로 감소시킨다. 여기에 그의 부정의 논리가 있다. 이 희극에서 선이 존재하지 않는다는 사실은 대부분 권선징악의 희곡에 익숙해 있던 관객들을 매우 당황케 하였다. 물론 인간 군상들이 당시의 관리들과 그들의 속성을 보여 주지만, 고골은 전제정치의 대변자로서 관리들을 묘사함으로써 사회 제도를 고발하여 개혁을 꾀하려는 의도보다는 결국 인간성의 본질에다 그 초점을 맞추고 있다. 이 희극을 비난한 보수파 비평가인 센콥스키는 시장을 중심으로 한 주변의 인물 가운데 단 한 사람이라도 진실한 사람이 등장하지 않는다는 사실이 과연 있을 수 있는 일인가라는 의문을 제기한다. 센콥스키는 고골이 도덕적인 희극을 창작하는 대신에 등장인물들은 모두 사기꾼이거나 멍청이들뿐이며, 선인과 악인이 한데 어울려 사는 현실에서 정직한 사람들이 한 사람도 없는 일화적인 작품을 썼다고 비난하였다.

2-14 관등과 계급문제

고골의 작품에 대해 논할 때 관등의 문제를 언급하지 않을 수 없다. 고골이 바라본 러시아 사회는 관등의 세계이다. 19세기의 관등은 사실주의 관점에서 빠지지 않고 거론되는 중요한 것이었다. 관등은 고골 작품의 지배소로서 소재이자 주제로 등장한다. 고골 주인공들의 소개는 일반적으로 관등으로부터 시작한다. 그들의 성격은 마치 관등의 성격과 일치하는 것처럼 소개된다. 작품 전체를 통해서 성격과 관등이 위치를 끊임없이 연결하고 있는 것은 관등의 문제가 외적 계급 차원의 문제가 아니라 인간의 내면의 문제와 긴밀하게 연관되어 있기 때문이다. 거리를 지나가는 사람은 마치 7등관이나 9등관 또는 14등관이 그의 인생인 것처럼 느껴진다. 관등을 나타내는 숫자는 이미 생명체에 생명을 없애고, 그 자신이 하나의 생명을 획득하고 있다. 그리하여 관등은 인간을 지배하는 유일한 활동체가 된다. 관등 숫자의 날줄과 씨줄로 잘 짜진 빈틈 없는 공간, 그 막힌 도시 공간에 인간들이 갇혀 있다. 이런 관등을 통해 사람과 사람의 관계가 설정된 것이다. 인간은 관등의 노예로 전락한다. 관등의 세계에서 인간은 이미 죽은 것이나 마찬가지이다. 러시아 관료 세계의 지배 구조가 만들어 낸 허구적인 인물이 바로 흘레스타코프이다. 그는 경직된 관료사회가 만들어 낸 허상이다.

『검찰관』의 등장인물들의 실제 관등은 무엇인가. 흘레스타코프는 14등관이고, 판사 랴프킨 탸프킨은 8등관이고, 병원장 제믈랴니카는 7등관이고, 우체국장 시페킨도 7등관이고, 교육감 흘로포프는 9등관이다. 그 지방 관리들은 사실 정부 각 부처의 장들에 대한 패러디라고 할 수 있다. 고골의 다른 작품에서 자주 등장하는 관리들의 등급과 비교해 볼 필요가 있다. 「외투」의 주인공 아카키는 14등관 공무원이고, 「코」의 주인공 코발료프는 8등관이고, 「광인일기」의 주인공 포프리신은 9등관이고, 「넵스키 거리」의 주인공 피로고프 중위는 10등관이다.

2-15 데우스 엑스 마키나로서의 편지

'데우스 엑스 마키나(Deus Ex Machina)'는 라틴어로 '기계에서 내려온 신'이라는 뜻이다. 이것은 일부 그리스 극작가들이 기계 장치로 무대에 내려져서 판단과 명령으로 인간들인 등장인물들의 문제를 해결해주는 신으로 드라마를 끝내던 관행을 가리킨다. 오늘날 이 문구는 궁지에 빠진 작가가 궁여지책으로 플롯을 해결하는 기법을 모두 지칭하는 말로 사용된다. 그러한 기법들로는 내막을 폭로하는 증거가 되는 예기치 않던 상속, 잃었던 유언장이나 편지의 발견 같은 것들이 있다. 『검찰관』에서는 두 번의 편지 모티프가 나온다. 하나는 시장 친구의 편지요, 다른 하나는 흘레스타코프가 작가인 글쟁이 친구에게 보내는 편지이다. 시장은 친구로부터 편지를 받고 검찰관의 암행을 미리 알게 되고, 반면에 몰래 뜯어본 흘레스타코프의 편지를 통하여 그가 가짜 검찰관이라는 사실을 알게 된다. 모든 사건이 편지로부터 시작되고 편지로 끝난다. 이 작품에서 편지는 그만큼 중요한 모티프 가운데 하나이다. 부분적으로 편지는 고대의 데우스 엑스 마키나와 유사한 연극 기법 가운데 하나라고 할 수 있다.

우리가 편지를 통하여 알 수 있는 재미난 사실이 있다. 사기꾼 흘레스타코프는 작가인 친구에게 자기가 어느 도시에서 겪게 되는 일을 편지에 써서 보내면서 작가가 되겠다고 밝히는 부분에서 우리는 결국 지금까지 읽은 이야기가 흘레스타코프의 이야기였음을 알게 된다. 고골은 흘레스타코프라는 인물 속에 허구를 만들어 내는 작가의 모습까지 투영하였다. 거짓말(허구)을 지어낸다는 점에서 흘레스타코프가 보여 주는 검찰관의 연기와 작가의 모습에는 공통점이 숨어 있다. 또한, 흘레스타코프가 푸시킨과의 친분을 이야기하는 부분이나 자신의 구상에 별로 힘을 들이지 않는다는 이야기에는 창작 과정에 얽힌 다분히 고골 개인 이야기가 섞여 있음을 알 수 있다. 고골에게 흘레스타코프는 자기동일성을 보여 주는 인물이라 할 수 있다.

3 맺는말

작가를 도덕적 지도자로 인정하는 것은 러시아의 오랜 전통이다. 정부의 온갖 검열에도 불구하고 작가들은 진실한 말을 꾸준히 해 왔다. 그러므로 러시아인의 귀에 작가라는 단어는 자랑스럽게 들리는 말이었다. 특히 작가 고골은 러시아인들이 갖는 시대의 아픔과 고통을 산문이나 드라마를 통해 호소하였고, 후배 작가들에게 작가의 의무가 무엇인가를 생각하게 만들었다. 작가 고골은 『검찰관』을 통해 당대 러시아의 현실을 폭로하면서 새로운 진실한 세계를 구축하고자 하였다.

『검찰관』에서 현실에 대한 도덕적 비판을 통하여 사회악을 제거하겠다는 고골의 목적은 실제로 실현되지는 않았으나, 러시아 사회에 준 영향과 충격은 너무 큰 것이었다. 고골의 작품은 19세기 러시아 사회를 비판하여 교정한다는 목적을 넘어 현재에도 우리 인류에게 주는 메시지는 너무나 크다. 고골의 작품에서는 언제나 인류 전체가 풍자의 대상이 되는 셈이나, 독자는 그 순간만은 그 풍자의 대상에서 제외된다는 기이한 착각에 사로잡혀 풍자가와 더불어 자기 자신이 소속된 인류를 비웃는 것이다. 『검찰관』의 부제에 나타난 속담처럼 우

작품 해설

리는 "제 상관 비뚤어진 줄 모르고 거울만 탓한다." 사회에 대한 자기 인식과 자기반성을 통해 자기 성찰과 자기 통찰을 할 때야만 비로소 우리와 사회는 건전해지고 더 좋은 사회로 발전할 수 있다. 우리는 자기의 정체성을 반성적으로 인식함으로써 비로소 자신이 누구인지를 알게 된다. 자기 정체성과 자기 동일성에 대한 반성적 인식이 없이 타자의 부정과 소멸에서 자기 존립의 의의를 찾는다는 것은 모두 무의미하다.『검찰관』의 부정적인 등장인물들 모두 우리의 초상이며 자기 동일성의 변주임을 잊어서는 안 된다.

조주관

1809년 4월 1일(구력 3월 20일) 우크라이나 폴타바현 미르고
로드 군 소로친치 마을에서 태어났다. 아버지와 어머
니는 모두 우크라이나 혈통의 지주이며 귀족 출신이다.
할아버지는 민속 문화에 정통하고, 아버지는 희곡을
쓰고 연출을 시도했다. 어렸을 때부터 문학과 연극에
관심을 갖고 성장했다. 어머니는 광신적 신도로 고골의
이름은 디칸카 교회에 있는 성 니콜라이라는 성상의
이름에서 따왔다.

1821년 우크라이나의 수도 키예프의 북부 지역에 있는 네진이
라는 도시의 9년제 기숙 학교인 네진 고등학교(김나지
움)에 입학했다. 고골은 진보적인 교육을 통해 계몽사
상과 데카브리스트(Dekabrist) 사상에 관심을 가졌다.

시와 희곡을 쓰기 시작했다. 시의 제목 「이탈리아」였다. 바이올린과 미술을 공부했다. 교내 연극 활동에 참여했다. 네진에서 공부할 때 첫 산문 소설 「트베르디슬라비치」를 썼다가 학교 친구의 혹평에 원고지를 불태웠다. 그 친구의 말은 "넌 절대로 소설가가 되지 못할 거야, 지금 보니 분명하다."이었다.

1825년   우크라이나의 지주이자 극작가인 아버지가 사망했다.

1828년   19살에 네진 고등학교를 졸업했다. 관리의 꿈을 안고 수도인 페테르부르크로 상경했다.

1829년   서정시 「이탈리아」를 발표했다. 알로프(V. Alov)라는 필명으로 독일어 제목의 시집 『한츠 큐헬가르텐(Hanz Kuchelgarten)』(부제는 '그림 속 전원시')을 자비로 출판했다. 독자의 반응에 실망한 고골은 그 시집을 거둬들여 모두 소각했다. 유럽 여행길에 올랐다. 독일의 뤼벡까지 갔다가 다시 러시아로 귀국했다. 낮은 직급의 내무성 공무원과 연극 배우로 활동했다.

1830년   시인 바실리 주콥스키, 소설가 세르게이 악사코프, 그리고 비평가 비사리온 벨린스키와 친교하다. 문학계 상류 인사들과 교분을 맺었다. 문학 잡지에 우크라이나 삶에 대한 단편들 기고했다. 예술 아카데미에서 미술을 공부했다.

1831년   5월 20일 푸시킨과 만나면서 친교하다. 푸시킨은 고골의 창작 활동에 지대한 영향을 주었다. 9월에 작품 모음집 『디칸카 근처 마을의 야화(Vechera na khutore bliz

Dikanki)』의 제1부를 발표하고 공식적으로 인정받은 신진 작가로 활동했다. 제1부에는 네 편의 단편 소설 「소로친치 장날(Sorochinskaia iarmarka)」, 「이반 쿠팔라 전야(Vecher nakanune Ivana Kupala)」, 「오월의 밤 또는 물에 빠져 죽은 여자(Maiskaia noch´, ili utoplennitsa)」, 「잃어버린 편지(Propavshaia gramota)」가 수록되었다.

1832년 3월에 『디칸카 부근 마을의 야화』의 제2부를 출판했다. 제2부에는 단편 소설 「성탄절 전야(Noch´per ed Rozhdestvom)」, 「무서운 복수(Strashnaia mest´)」, 「이반 표도르비치 시폰카와 이모(Ivan Fedorovich Shpon´ka i ego tetushka)」, 「귀신 들린 땅(Zakoldovannoe mesto)」이 수록되었다.

1834년 문단 친구인 시인 주콥스키의 주선으로 페테르부르크 대학의 역사학부 객원 교수가 되었다. 중세사 강의를 시작했다. 그의 강의를 수강한 투르게네프와 학생들의 평가는 부정적이었다. 고골은 일 년도 버티지 못하고 교수직을 사퇴했다.

1835년 페테르부르크 대학교의 역사 교수직 사퇴 후 문학 활동에 전념했다. 우크라이나 지방 이야기를 모은 작품집 『미르고로드(Mirgorod)』를 출판했다. 여기에 「옛날 지주(Starosvetskie pomeshchiki)」, 「타라스 불바(Taras Bul´ba)」, 「비(Vii)」, 「이반 이바노비치와 이반 니키포로비치가 싸운 이야기(Povest´ o tom, kak possorilsya Ivan Ivanovich s Ivanom Nikiforovichem)」가 수록되었다. 주

로 페테르부르크 이야기를 다룬 작품집 『아라베스크
(Arabeski)』를 출판했다. 여기에 단편 작품 「광인일기
(Zapiski sumasshedshego)」, 「초상화(Portret)」, 「넵스키
거리(Nevskii prospekt)」와 다른 논문들이 함께 수록되
었다. 『죽은 혼(농노)(Mertvye dushi)』를 쓰기 시작했다.

1836년   주콥스키의 저택에서 개최된 파티에서 『검찰관
(Revizor)』 대본을 낭독했다. 단편 소설 「코(Nos)」
와 「사륜마차(Koliaska)」를 발표했다. 잡지 ≪현대인
(Sovremennik)≫에 문학 평론을 발표했다. 4월에 첫 희
곡 작품 『검찰관』을 출판하고 공연했다. 두 번째 외국
여행 중 파리에 체재하고 있을 때 푸시킨이 사망했다.
독일, 스위스, 프랑스, 그리고 이탈리아를 여행했다. 그
후 12년(1836~1848) 동안 외국에서 생활했다. 『죽은 혼
(농노)(Mertvye dushi)』 1부를 집필하기 시작했다.

1837년   겨울에 파리를 방문했다.

1838년   1841년까지 3년 동안 로마에 정착했다. 유럽 여행을 하
고 러시아에 두 번 다녀왔다.

1839년   러시아로 잠시 귀국했다. 『죽은 혼』의 1부 1장을 낭송
하는 발표회를 가졌다.

1840년   제3차 외국 여행에 올라 오스트리아, 독일, 이탈리아를
방문했다. 로마에서 활동하고 있던 러시아 화가들과 지
냈다.

1841년   장편 소설 『죽은 혼』을 탈고하고 출판을 위해 다시 러
시아로 돌아왔다.

1842년 『죽은 혼』의 제1부를 출판했다. 네 권의 작품집을 출판
했다. 여기에 새로운 작품들인 희곡「결혼(Zhenit'ba)」
과「도박사(Igroki)」, 그리고 단편 소설「외투(Shinel')」
가 수록되었다. 비평계의 총아로 떠오르다. 제4차 외국
여행에 오르다. 독일, 이탈리아, 프랑스, 보헤미아 지방
을 순방했다. 여행 중에 병을 얻었다.

1845년 로마에서 『죽은 혼』의 제2부 원고를 소각했다.

1846년 극적 스케치인 『검찰관의 이해를 위한 열쇠』를 발표
했다.

1847년 『친구와의 왕복 서한(Bybrannye mesta iz perepiski s
druziami)』을 발표했다. 벨린스키를 중심으로 한 시민
비평가들의 분노를 사게 되었다. 과거의 열성 독자들이
변절자라고 비판했다. 변명서(「작가의 고백」이란 이름으
로 1855년 출간)를 집필했다.

1848년 제5차 여행을 시도했다. 예루살렘 성지 순례를 했다.
러시아로 돌아가『죽은 혼』을 집필하기 시작했다.

1850년 옵티나 푸스틴 수도원을 방문했다. 성지 순례 및 러시
아로 귀환했다.

1851년 투르게네프를 알게 되었다.

1852년 1월 말에서 2월 5일까지 사제 마트베이 콘스탄티노비치
를 만나다. 그 사제는 병약한 고골에게 "푸시킨을 단념
해라! 그는 죄인이며 이교도이다."라고 충고했다. 2월 24
일에『죽은 혼』의 제2부를 다시 소각시켰다. 그러나 제2
부 원고의 일부가 우연히 남겨졌다. 3월 4일(구력 2월 21

일 8시) 모스크바에서 우울증에 시달리다 반미치광이
상태가 되어 생을 마쳤다. 처음엔 '다닐로프 수도원'에
매장되었다. 1909년 탄생 100주년을 맞아 '노보데비치
수도원 공동묘지'로 이장되었다.

세계문학전집 120

검찰관

1판 1쇄 펴냄 2005년 5월 27일
1판 28쇄 펴냄 2022년 4월 11일

지은이 니콜라이 고골
옮긴이 조주관
발행인 박근섭, 박상준
펴낸곳 (주)민음사

출판등록 1966. 5. 19. (제 16-490호)
서울특별시 강남구 도산대로1길 62(신사동) 강남출판문화센터 5층 (우편번호 06027)
대표전화 02-515-2000 팩시밀리 02-515-2007
www.minumsa.com

ISBN 978-89-374-6120-0 04800
ISBN 978-89-374-6000-5 (세트)

민음사　세계문학전집

세계문학전집 목록

세계문학전집은 계속 간행됩니다.